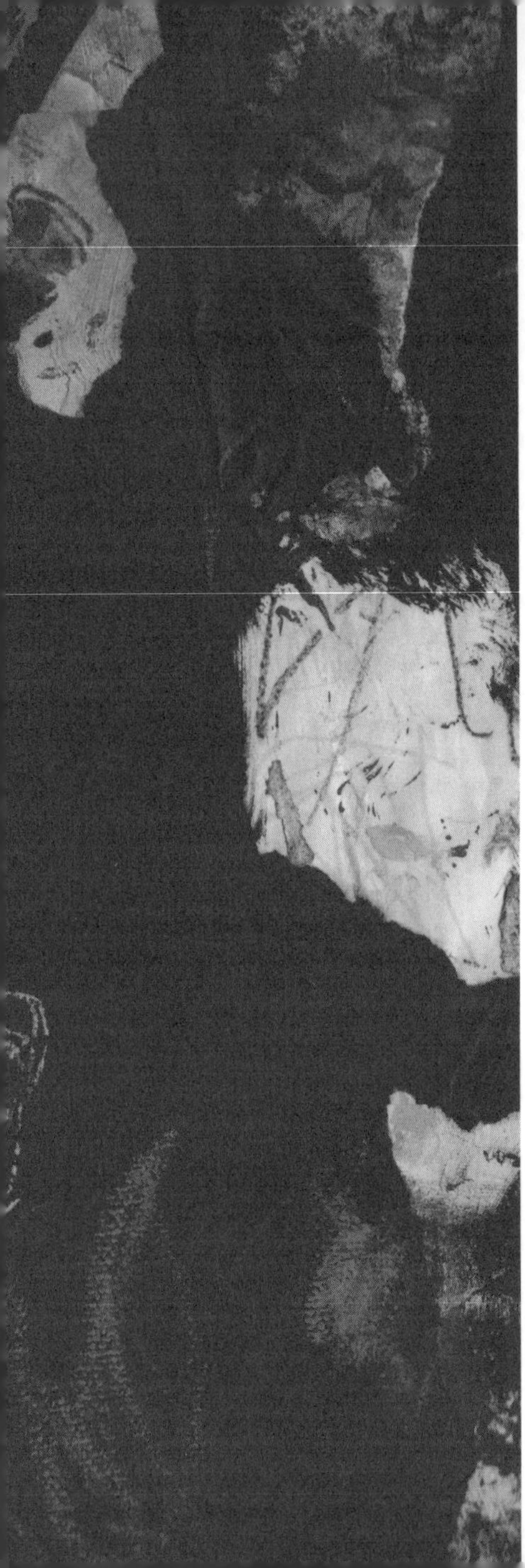

東京日記7

館内すべてお雛さま。

川上弘美

絵 門馬則雄

平凡社

目次

絵　門馬則雄
装丁　祖父江慎＋藤井瑶（コズフィッシュ）

東京日記7

館内すべてお雛さま。

館内すべてお雛さま。

二月某日　晴

急用で、人と待ち合わせ。

突然決まった用事なので、待ち合わせの駅だけ決め、おそらく遅れてくるだろう片方を、もう片方が駅近くの喫茶店かなにかで待ちましょう、というメールをしあう。

電車に乗り、待ち合わせの駅に着く。相手は、異なる線の電車で到着するはず。

電車を降りる。ちょうど向かい側のホームに、この駅に乗り入れている、わたしが乗ってきたのとは違う線の電車がとまっている。

階段をおり、改札へ。向こうのホームからも、何人もの人がおりてきている。

改札にＩＣカードをかざし、出る。すぐうしろの人が、小さな声をあげた。何だろうと振り向くと、待ち合わせをした人だった。

「こんなにぴったり同じ時間に着くなんて」

と、びっくりしあう。

これはもう、お互い若いころだったら「運命」だの「恋」だの「縁」だのという言葉が頭の中に充満するパターンだな、と思う。

ちなみに、待ち合わせた相手は、引退した女性編集者。昔一緒に仕事をした女性編集者との「運命」「縁」「恋」ということになると、なかなかにドラマチックで錯綜した展開の物語になるだろうけれど、お互いもう全然若くなくて、助かった。

二月某日　曇

九州に行く。

歩いていたら、「東経１３０度」という交差点があった。

見まちがいかと思って何回も見なおしたのだけれど、やはり「東経130度」。

人どおりの少ない、車もあまり通っていない、ごく平和な感じの交差点でした。

二月某日　曇

旅先の博物館に、中世関係の常設展示があると聞いて、見に行く。最近中世が舞台の小説を書いているので、そのころのものが展示してある場所をみつけると、行くことにしているのだ。

三十分ほどかけて歩いてゆく。ようやく着いたとほっとして入ると、入場料は払わなくていいと入り口で言われる。驚いて聞き返すと、通常展示はこの期間やっていなくて、かわりに雛祭りにちなんだ展示をやっているとのこと。

ひなまつり。と、小さくつぶやきながら、館内を一周する。徹頭徹尾、お雛さまあるいは雛祭りにちなんだものばかり展示してある。中世展示部分はすべて隠され、隅から隅までお雛さま（それも、すべて現代もの）である。

ちゅうせい、とつぶやきながら、博物館を出る。なんだかおさまらない気持ちを静めるため、昼ごはんに餃子とチャーハンとラーメンをおなかいっぱい食べ、夕方まで胸焼け。

二月某日　晴

帰京。

おそるおそる体重計に乗ると、やはり二キロほど増えている。すぐさま体重計からおり、見なかったふりをして、ふとんにもぐって寝入る。

夜明けがた、お雛さまに押しつぶされる夢を見る。五人囃子と三人官女がことに強く押しつぶしてくる。朝起きて体重をはかったら、前の晩よりも五百グラムほど減っていた。

ほら貝部。

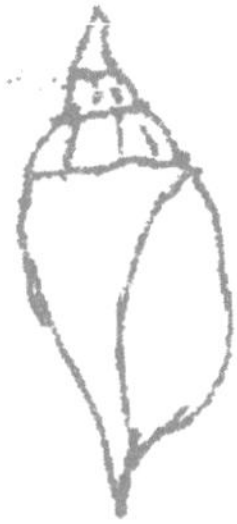

三月某日　晴

道で、去年通った英会話の学校の先生にばったり会う。
先生はフィジー生まれの男性で、髪はきれいなドレッドヘア。
わたし：こんにちは。
先生：こんにちは。お元気でしたか？
わたし：はい、元気でした。先生は？
先生：わたしも元気でした。これからどこに行くのですか？
わたし：髪を切りにいきます。
先生：今日はいいお天気ですね。
わたし：はい、とてもいいお天気です。

と、道のまんなかで初歩中の初歩な英会話をしばらくかわしたあと、先生は自分のドレッドヘアをびよーんと伸ばしてみせてくれる。自然にしていると肩までの長さの髪は、くるくると伸ばすと、腰まである。

わたし：どのくらいの頻度で美容院にいきますか？

先生：一ヶ月に一度です。

わたし：そうですか。

それ以上の初歩中の初歩的英会話が続かないので、意味不明の笑顔を浮かべ、先生の顔をじっと見る。先生も、なごやかな表情で見返してくれる。約十二秒、見あってから、

わたし：よい一日を。

先生：あなたも。

と言いあい、別れる。英会話学校に通うのに費やした、決して安くはない学費を思い、忸怩たる気持ちで駅に向かう。でもまあ、「こんにちは」と「よい一日を」だけは、すらすら口から出るようになっ

た。それから、ドレッドヘアの髪を伸ばすと、見た目の四倍以上の長さになることも知った。それでよし。と、負け惜しみを心の中でつぶやきつつ、電車に乗りこむ。

三月某日　晴

朝からほら貝を吹く音がずっと聞こえている。
どうやら近所の学校からの音らしい。
ほら貝部が活動しているのだろうか。
二時間近く、ほら貝を吹く音は続いた。

三月某日　晴

ほら貝部の活動、さらに活発に。
一本調子だったものが、さまざまなリズムや音階をとるようになっている。
もしかすると、遠くの仲間との交信に使っているのかもしれない。
今日は夕方三時間ほど、みっちりと鳴っていた。

三月某日　雨

雨のせいか、ほら貝の音が聞こえない。さみしい。

三月某日　晴

晴れたのに、ほら貝の音は、まだ聞こえない。くせになる音なのだろうか。聞こえないと、たいへんに、さみしい。

ほら貝といえば、昔住んだことのある場所の住所は「名古屋市緑区ほら貝」だった。以前は「法螺貝」という住居表示だったのが、住民たちが「書きにくい」「難しい」「法螺貝、というのはへんな住所だから違う名前にしたい」と反対運動をおこし、長い間協議したすえ、結局はかな漢字交じりの表記「ほら貝」とすることになった、と、近所のひとが教えてくれた。

午後、少しだけほら貝の音が聞こえたような気がしたが、空耳だったかもしれない。ほら貝部の末永き幸福を祈りつつ、夕飯のしたく。

うなぎの行列。

四月某日　晴

知人夫妻と食事。

昔ハリネズミを飼っていた。

ハリネズミは、とてもよく走る。

だいたい、一日四キロほど。

走行距離がわかったのは、ハリネズミのケージの中にある、からからまわるやつ（ハムスターのケージなどに備えてあるのと同類）に、何回まわったかを表示する機能があるから。

ハリネズミは針を出すと大きくふくれるが、針を出していないときは小さなモグラのようでいとおしい。

名前は、ハリネズミ。代々三匹飼ったが、どれも名前はハリネズミ。外国では、ハリネズミの肉はさまざまな病気に効くといわれており、今でも食用にしている人たちがいる。

自分たちはむろんハリネズミの肉は食べなかった。最初のハリネズミは二年、次のハリネズミは五年、最後のハリネズミは三年生きた。それぞれ火葬して深大寺の墓地にほうむった。戒名は、どれもハリネズミ。

ハリネズミの思い出が深いので、もう動物を飼うことはないと思う。

という話を、知人夫妻はしみじみとしてくれた。

四月某日　晴

チェーンのコーヒー屋さんに入る。

ぼんやりコーヒーを飲みながら窓の外を眺める。目の前のテラス席に、スーツを着た男性二人と、五十代くらいのカーディガン姿の女性一人が座っている。

女性は、手に持っているエコバッグから次のものを取り出す。

免許証のコピー。幾枚かの書類のプリントアウト。はんこ。朱肉。何事が始まるのかと、眼鏡をしっかりかけなおして、観察する。男性たちのほうも、かばんから書類を何枚も出し、女性に示している。しばらく、男性側からの説明が続く。

やがて女性、男性のさしだした書類に、押印。

それから、女性、厚みのある銀行の封筒を男性に渡す。少し透けている封筒の、中身は、お札とおぼしい。

封筒を渡された男性、そそくさと封筒や書類をかばんに戻し、微笑する。連れの男性も、微笑。

その後十五分ほど会話がなごやかに続いたあと、三人は去っていった。どきどきしながら、今見たことを反芻する。女性がだまされていませんように。だまされていなかったとして、今後は通行人の多い土曜日の繁華街のテラス席でのお金の受け渡しや大切そうな書類への押印はひかえてくれますようにと、心の中で祈る。

三人が去ったあとのテーブルには、コップの跡が、くっきり三つ残っていた。

四月某日　曇

今年ももう三分の一たってしまったなと思いながら、手帳をぱらぱらとめくって、一月からどんな生活をしてきたか、見返す。

けっこう、規則的。

二月の欄外には、「うなぎの行列」というメモがあり、三月の欄外には「たいへんに及び腰」というメモが乱雑な字で書いてある。

示している内容、まるで記憶になし。

何通りかの「たいへんに及び腰」な状況を想像してみる。どの「たいへんに及び腰」も、それぞれに困難そうで、気が滅入る。

四月某日　晴

前日「たいへんに及び腰」を想像したときの気の滅入りを解消するために、「うなぎの行列」について考える。

うなぎは、灰色で、あまり大きくはなくて、ひれが立派である。行列は整然としてはおらず、自由な感じ。食用に養殖されているうなぎではなく、大洋のどこかでのびのびと育っているうなぎたちである。

存分に想像して、すっとした気分になる。夜、一瞬うなぎを食べに行こうかと思うが、自分をおしとどめ、すっとした気分を継続させる。のびのびと育っているうなぎたちよ、どうかそのままのびのび育ってくれたまえよ。

人間ではないかもしれない。

五月某日　晴

昔なじみの編集者とお酒を飲む。

「もう今だから言えますが」と、編集者、いろいろな秘密の話を聞かせてくれる。

数十年前のスキャンダルや、十数年前の喧嘩や、数年前の論争や、ふたたび数十年前のあの人とあの人の秘密の恋愛やらについて教わったあと、編集者自身の「秘密」を最後に聞く。

いわく、二十数年前に彼の所属している会社で発行している雑誌に載った文章に関しての、おおがかりな毀誉褒貶が起こった。その文章に賛成する者と反対する者が、会社の前で座りこみやシュプレヒコールをおこなった。最終的にはくだんの文章が載った雑誌で、賛成派と反対派が誌上論争を何回かおこなうことで騒ぎは収束したのだけれど、まだ座りこみがおこなわれている時に、テレビの取材が来た。座りこみ自体の取材はかまわないが、野次馬が会社の玄関前にある創始者の像に品の悪い落書きをしていったものまでがテレビにうつると不名誉だというので、当時まだ若かった編集者がブルーシートで像をおおうよう、上司から命じられた。

編集者は必死にブルーシートで像をおおい、品の悪い落書きは無事隠された。けれど、そのブルーシートをテレビで見た編集者のお母さんが、すぐさま電話をかけてきた。

「こら、あのブルーシート、あんたがかけたんでしょう。だらしないあのかけ方が、あんたのタオルのかけ方とそっくりなんで、すぐわかったよ。いつまでたってもだらしのない子だねまったく」

とのこと。

母親には秘密は持てないものなんですよ。編集者は、遠い目をして、からからとウイスキーグラスの中の氷をゆらしたのだった。

五月某日　晴

ふたたび、昔なじみの編集者（先日とは違う編集者）とお酒を飲む。

「意外な作家が意外な特技をもっている」話をいくつか聞く。

一番驚いたのは、某純文学作家が、ビールマンスピンができる、という話。

本当なのですか？　と、何回も念を押したのだけれど、編集者は「本当です。たしかです」と請け合ってくれる。

果たして編集者は「ビールマンスピン」の実情と困難さを真に理解しているのだろうか。

「ただの噂ではありませんよね、聞き違いでもありませんよね」

しつこく確認すると、

「ご本人から聞きました」

憮然として、編集者はまた請け合う。

でも、その某純文学作家は男性ですよね、男性でビールマンスピンができるのは、世界選手権クラスでも、羽生結弦やジェイソン・ブラウンくらいなものなのですよ。いくらしつこくそのように言っても、編集者は「でも聞いたんです、たしかに」と繰り返すばかりである。

五月某日　晴

この前聞いたビールマンスピンの話を、どうしても黙っていられなくて、ついにフィギュアスケート好きの友だちに電話して、喋ってしまう。

「ありえるかな?」

聞くと、友だち、しばらく考えたあと、

「ありえるかもしれないけど、その純文学作家、人間じゃないかも」

とのこと。たしかに、と納得して、電話を切る。

五月某日　曇

それでは、人間ではないかもしれない作家の書いた本をぜひ読んでみようと、本屋さんでくだんの純文学作家の本をありったけ買ってくる。いちにち、読書。あまりぴんとこないが、人間ではないかもしれない作家の価値観や技法や語彙は、きっと人間であるわたしには理解できない深淵なものにちがいないので、しょうがない。

横ぎるタヌキ。

六月某日　晴

近所の公園に行く。

公園のまんなかにある池に、藻が繁殖している。ついこの前までは澄んだ水をたたえているだけだったのに、一週間ほど気温の高い日が続いたためか、突然池じゅうの、底にも水中にも水面にも、多量の藻が発生したらしい。

池にはボート乗り場があり、ふつうのボートと白鳥ボートがある。ボートに乗っている人たちがオールをこぐと、オールいっぱいに藻がからまってしまっている。

「重くて漕げねぇー」と叫んでいる若者たちがいる。

白鳥ボートのほうも、足こぎの推進器に藻がからまってくるらしく、右往左往している。
「進まないー」と叫んでいる親子づれがいる。
とても大変そうだが、みんなそこはかとなく嬉しそうなのは、なぜなのだろう。

六月某日　雨

庭を横ぎる動物がいる。
ネコだと思っていたら、タヌキだった。
静かに、ゆっくりと、大儀そうに歩いてゆく。そのまま隣の家の庭へと消えていった。

六月某日　曇

タヌキは、子どもを産んだばかりらしいということを、お隣さんに教えてもらう。
住んでいるのは、お隣のまたそのお隣の庭の奥とのこと。

六月某日　曇

またタヌキがよたよたと庭を横ぎった。産後の肥立ちがよくないのだろうか。がんばれよと、心の中で声援をおくる。声援を何回かおくりおえても、まだ目の前をよたよたゆっくり歩きつづけている。

六月某日　晴

またタヌキが横ぎったが、今日はいつもよりずっと素早い。ほっとしつつ、見送る。

六月某日　曇

タヌキとぶつかりそうになる。狭い庭なので、いきおい、横ぎってゆくタヌキと玄関をめざす人間が接近遭遇しやすいのだ。

タヌキは、全然人間をこわがっていない。タヌキ、と呼びかけると、振り向き、こちらの顔をじっと見てから、ゆうゆうと去ってゆく。わたしよりも、ずっと堂々としている。タヌキ、ともう一度心の中で呼びかけたら、さっと

振り向いたので、驚いて「あっ」と言ったら、ものすごい速さでお隣の庭に飛びこんでいった。

今にも何かが生まれそう。

七月某日　晴

病院に、いつものMRIの結果を聞きに行く。

鼻の中に、何かができているかもしれないので、耳鼻科の診察を受けてくださいと言われる。

鼻の中に、何か？

七月某日　晴

耳鼻科に行く。「鼻の中の何か」は、結局、何でもなかった。

「では、いったいMRI画像には、何がうつっていたのですか」

「いやあ、日本人はね、たいがい鼻が曲がっているのですよ。その曲がり具合によって、何かがうつってしまうことがありましてね」

「鼻が曲がっている」

「いや、曲がっているのは日本人のほぼ全員だから、大丈夫」

「ほぼ全員」

「そう、ぼくもちゃんと曲がってます」

ぜんたいに釈然としないながらも、鼻の中には何もなかったことにほっとする。

七月某日　晴

ジムに行き、少し踊る。

暑い日で、わたしと同年配のおばさまがた全体が、どろーんと踊っている。

「みなさん、そんなにどろーんと踊ってると、今にも何かが生まれて来そうですよ」

クラスの先生が注意する。

生まれて来そうないろいろな「何か」を想像してしまい、嬉しくて、いてもたってもいられなくなる。

ジムを出てから走って喫茶店に入り、手帳に「生まれて来そうな何か」の絵をたくさん書きとめる。

七月某日　晴

またジムに行く。

踊り用のパンツを忘れてしまい、ジムの、昔の昆虫採集の少年がはいていたような、くすんだ灰色の半パンツをレンタルする。

「すごい、このパンツを着こなしてる人、はじめて見た」

と、ほめられる。

最近、自分史上一番熱心にジムに通っているのだが、運動が好きになったというよりも、このジムでの先生や同年配のおばさまがたの言葉にやられているふしがある。

マグマ大使のサイン。

八月某日　晴

先月の、ジムの踊りの先生語録その二。

「みんな、今日は目が細いよ」

やはり暑い日で、おばさまがた全員が、先月にも増して、どろーんと踊っていた時のひとこと。

八月某日　晴

友だち数人と会う。

「甥がデビューしたの」

と、中の一人が言う。夜九時からのテレビドラマに出演しているという。

写真も見せてくれる。いい男である。

「サインがほしい」

と、みなが口々に言う。

サイン、という言葉で、今までもらったいくつかのサインの記憶がよみがえる。一番古い記憶は、マグマ大使のサインである。向ヶ丘遊園のマグマ大使ショーに、近所のサイトウくんとわたし、母の三人で行き、ショーを見たのち、入場券についている番号の抽選で、マグマ大使のサイン色紙が当たったのである。

当時は、今の特撮ヒーローショーのように、並べばもれなくサインがもらえるという形式ではなく、五枚くらいのサイン色紙が抽選などでようやく当たる、というかたちだった。

当たった色紙をサイトウくんとわたしのどちらがもらうかで、喧嘩をした。サイトウくんにあげなさいと母が言った。いやだいやだと抵抗した。最後にはじゃんけんで決めることになり、わたしが勝った。ゲットした色紙は、かもいのご先祖の写真と並べて、ずっと飾っておいた。大学生になるまで、飾っておいた。黄ばんだ色紙を、最後には宝物入れのダンボールにしまった。結婚した時にもダンボールは持っていった。けれど離婚した時のごたごたで、宝物入れはどこかに行ってしまった……。

思いがけない記憶の噴出に、しばらく一人森閑とする。デビューした友だちの甥ごさんに、幸あらんことを。

八月某日　晴

知らない会社からセールスの電話がくる。

「カワカミカロミさんですか」

と言われる。

ちがいます、と言って切る。

切ってから、「カロミ」という名前の者としてふるまう機会を逸してしまったことに気がつき、歯がみする。

八月某日　晴

知人宅で飲み会。
翌日見ると、また手帳に意味不明の書きこみが。
「網タイツ
金属の筒
さめた紅茶」
いつもの意味不明文よりも、少しだけ文学臭が強い。
飲みかたが足りなかったと、反省。

アンニュイな四歳児。

九月某日　晴

外出してから、化粧をし忘れていることに気がつく。

たとえば、町内会費をこの前いつ払ったのか忘れたり、スーパーマーケットで買うべきものを必ず二つか三つ忘れたり、といったことはごく普通のことだし、化粧関連で言うなら、シャンプーのあとにコンディショナーを使ったかどうか忘れたり、「これをつけると髪の艶がよくなる」と美容院のひとに薦められたオイル的なものをすぐにつけ忘れ五回に一回くらいしか使わない、といったことも日常なのだけれど、まったく化粧をせずに、隣町くらいの出先ではなく、電車に乗って行くような場所にでかけてしまったのは、四十代以降、はじめてのことかもしれない。

美しく粧うための化粧ではなく、人をびっくりさせないために何かを隠す化粧なので、しないとよそさまに申し訳ないのである。

申し訳ありません、と思いながら、電車に乗り、用事をすませ、また電車に乗って帰ってくる。

帰ってから鏡を見たら、酔っ払ったすえ帰宅した時と同じような顔である。そういえばわたしは化粧はするのだけれど、化粧直しというものを一度もしないので、何時間かたつと、ほぼ化粧はとれているのだった。

それならば、最初から化粧などする必要はないのではないか？

いやいや、それはなんだかやっぱり……。

でも結局、わたしくらいの技術しか持たない、しかも横着者の化粧は、ただの気休めにすぎないのでは？

でも、気休めのない人生は、こわいし……。

……夜まで、あれこれくよくよ悩む。原稿、書けず。

九月某日　曇

化粧に関するどうでもいいような思考にふけった翌日なので、いつもより濃い化粧をして、電車に乗りに行く。

電車の中で、アンニュイな四歳児に会う。

だらんと足を組み、隣に座っている母親にしなだれかかり、3×2のルービックキューブを片手でもてあそびながら、わたしの方を見ている。

服は、白いブラウスに赤いスカート。うまく表現できないのだけれど、なんだかとてもおしゃれな感じの白と赤の組み合わせ加減。

「もう四歳でいるの、あきたぁ」

アンニュイな四歳児は、母親に向かって言っている。でも、顔は母親に向けない。あくまでわたしを投げやりに見やりつつ、ルービックキューブをもてあそびつつ、母親にしなだれかかりつつ、組んだ足をぶらぶらさせつつ、

「あきたぁ」

と言っている。

せっかく濃い化粧をしたのに、すっかり四歳児に負けている。すごすごと帰宅。少しだけ原稿を書く。

九月某日　雨

朝から雨が激しい。

掃除をする。

キッチンのシンクをみがくための、繊維が複雑にからみあったふきんを戸棚から取りだしたら、その複雑にからみあった繊維に、ごきぶりが触角をからませたまま、息絶えていた。

ごきぶりのみ廃棄。シンクをごしごしみがきつつ、ごきぶりの冥福を祈る。

夕方まで、雨、激しく降りつづく。

九月某日　雨

今日も朝から雨が激しい。

友だちから電話。

自分の息子と結婚する予定の娘さんに、この前はじめて会ったとのこと。

一生懸命に共通の話題を見つけては喋ってくれる娘さんで、とても好感が持てたのだけれど、ただその「共通の話題」が、「ふろしきの上手な結びか

た」だの「布団の綿の入れ替えかた」だので、もしかして娘さんは友だちが戦前世代だと勘違いしているのではないかと危惧し、

「そのお、わたしはあのお、トレンディードラマとか見て育った世代なんだけど」

と言ってみるも、「トレンディードラマ」という言葉の意味がわかってもらえなかった由。

電話しているうちに、そもそも自分たちがどんな青春を送ってきたのか、その時代はどんな時代だったのか、わからなくなってくる。

「だいたいのこと、忘れてるよね」

「うん、わたしたちの若いころ、草原に恐竜がいなかったことだけは確かだけど、もしかして三葉虫とかは、海にたくさんいたんだっけ?」

「黒船も見たことがあったかも」

「そういえば出島でオランダ人の通訳と話したような記憶が」

雨が激しい。この日も、原稿、書けず。

しゅつ。

十月某日　晴

あさってからポーランドに行くので、したく。

ポーランドは、日本よりもずいぶん寒い土地であるし、すでに十月も後半になっているので、冬っぽい服をいくつか、出してくる。

ただ、この数年で行った、北欧や、北欧よりもさらに極に近い北の国などで、予想外に気温が高かった記憶があり、薄い服も持ってゆくべきか、迷う。そういえば、昨年五月初旬にノルウェーに行った時には、突然気温が30℃にあがり、冬用の服と厚いブーツ的な靴しか持ってこなかった小説家のM谷さんは、街のH&Mにかけこみ、夏用の服とサンダルを買っていた。それはそれでなかなか楽しそうではあったけれど、自分がM谷さんのように、とっさに柔軟にセンスよく服を選べるとは、とても思えない。

ネットの天気予報をいくつか調べるが、最高気温は、高いほうの予想では25℃、低い予想をしているサイトでは10℃というばらつきである。

服の組み合わせを考えることに疲れはて、「大は小を兼ねる」「ええい、もってけ泥棒」と、謎の言葉をつぶやきながら、厚い服だけをトランクに次々つめこむ。

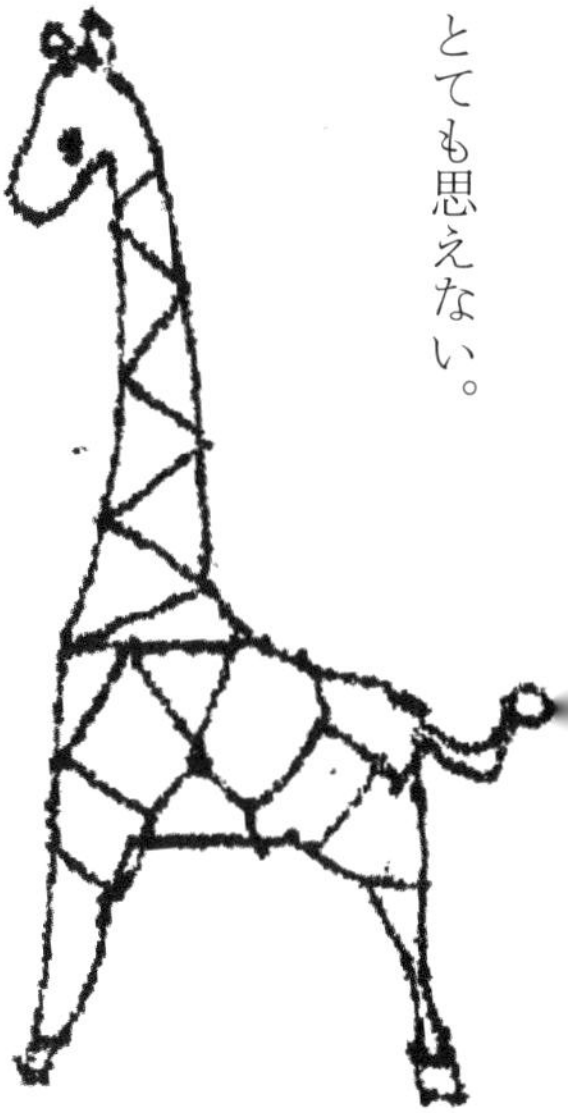

十月某日　雨

ポーランド着。

あたたかい。

というより、暑い。

東京は出発の日は少し涼しくて、気温は20℃くらいだったが、ポーランドのこの日は25℃。おまけに、蒸し蒸しする。

「ポーランドのこの季節は、雨が少なく紅葉が美しく、空気はからりとしていて、黄金の季節と呼ばれます」

という、ガイドブックの説明をうらみつつ、厚いコートを小脇にまるめ、タートルネックのセーターの中で汗ばみながら、重いトランクをごろごろごろごろ押して、ホテルへ。

十月某日　霧

おまけに、ポーランドではめったに出ないという霧が、今日は朝からたちこめている。

気温は、22℃くらいになるという予報だが、霧も出ているし、午前中は寒いはず。と思いながらホテルを出ると、ぜんぜん寒くない。

厚いコートを小脇にまるめ、持ってきた中でいちばん薄いセーターを着て汗ばみながら、発表用の資料などの入った重いかばんをさげて、イベント会場までどろどろした感じでバスに乗ってゆく。

十月某日　晴

すれちがうポーランドのひと十人のうち、三人くらいが半そでを着ている。晴れ女、とか、雨男、などという言葉があるが、それならわたしは、暑さ女、なのだろうか……。

十月某日　晴

突然寒くなる。今日の最高気温予報は、７℃。

ようやく厚いコートと厚いセーターが役に立ったが、明日は帰国する。気温にふりまわされたポーランド滞在だったけれど、いい旅だった。暑さのあまり、ポーランド名物ズブロッカはぜんぜん飲まず、ビールばかり飲んでいた。ポーランドのビールは、とてもおいしかったです。

十月某日　晴

成田着。

疲れてぼんやりしながら、成田空港のロビーでリムジンバスを待つ。ロビーで「YOUは何しに日本へ?」の取材クルーのひとたちが、外国のひとに話しかけている光景も、これでもう何回めだろう。

バスに乗りこみ、からっぽな気持ちで、窓の外の景色を眺める。旅の終わりは、いつもさみしくてうつろだ。そのうつろの中に、日本の空気が、しゅっ、しゅっ、と、少しずつすいこまれてゆく。

サーモンの直行便。

十一月某日　晴

ノルウェーから、知人があそびにくる。

一緒に食事をしながら、いろいろな話を聞く。

二つ、驚いた話。

一つめは、キリンビールを作ったのは、ノルウェー人だという話（ウィキペディアを見たら、やはりそう書いてありました）。

二つめは、ノルウェーから日本への飛行機の直行便はないのだけれど、サーモンを運ぶための飛行機の直行便はあるという話。

「その直行便には、鮭がぎっしり詰めこまれているんでしょうか？」

と聞くと、

「そうです、ぎっしりなのです」

と、彼は答えたのでした。

十一月某日　曇

不安な夢をみる。

眼鏡ケースに、スライム（ドラクエの、あの青いの）が、ぎっしり詰めこまれていて、眼鏡をしまうことができないという夢である。

あきらかに、サーモンがぎっしり詰めこまれた直行便の話の影響を受けている。

夢の中のスライムの手ざわりは、けっこう硬かった。

十一月某日　晴

友だちと電話して、いろいろな話を聞く。

二つ、驚いた話。

一つめは、仁丹は逆流性食道炎に効く、という話。あとでネットを調べてみると、たしかに「逆流性食道炎なので、仁丹を飲んだらすっきりした」というブログが。

二つめは、ケロッグのコーンフレークは性欲をおさえる、という話。そもそもケロッグ博士は、性欲をおさえるためにコーンフレークを開発した、とのこと。きっとネットを調べると、これも「その通り」という結果になるにちがいないのだけれど、確かめなくてもじゅうぶんに心もちをひろびろさせてくれたので、もうネットには尋ねないことにする。

世間さまの役には立たないかもしれないけれど、好感のもてるうんちくを教えてくれた、ノルウェーの知人と日本の友だちに感謝しつつ、夕飯の小松菜をゆでる。

十一月某日　曇

近所の大型家電のお店に行く。

お店のひとにおたおた質問していたら、

「ソフトって、知ってます？　いや、そもそも、パソコンの意味は、わかります？」

と聞かれる。

うわあ、今自分は、ＣＰＵとかメインボードとかプログラムとかジョブズとかウィンドウズマシンとか、一つも聞いたことのない恐竜時代の人間なのだと思われているのだと、びっくりするが、実際に何も知らないに等しいので、言い返せない。

会話をするのがいやになったので、すぐに切り上げて帰る、その帰り道、

「でもあのお店のひとは、『ソフト』の正確な定義をちゃんと言えるのか」

だの、

「わたしはちゃんとジョブズの伝記をヤマザキマリさんのマンガで読んだことがある」

だの、心の中で言い返しつづけ、家に着いた時には疲労困憊。

倒れふす。

十二月某日　晴

ついにガラパゴス携帯を、スマートフォンにのりかえる。

先月から家電量販店にときおり行っていたのは、このためなのである。

今までしぶっていたのりかえを、なぜこの時期に思いきったのかという理由は、もちろんいくつかあるのだけれど、どれも実は根拠が薄く、自分ながら少しばかり不明な気分。

この十年間ずっと使っているデスクトップのパソコンのメールのやりとりが、このところ調子悪く、送受信が不安定になっているので、スマートフォンでもパソコンのアドレスのメールが受け取れるよう設定。

これで、出先でも仕事のメールを見られる働き者になってしまった……と、

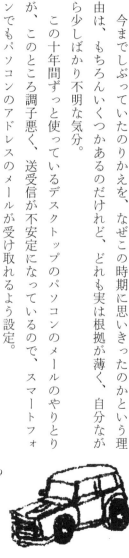

忸怩たる思い。

でも、よく考えてみると、いくら仕事のメールを見ても、仕事を実際にしなければ、今までどおりのなまけ者でいつづけることができるのだと思いなおし、安堵。

安堵していいのか？

十二月某日　晴

デスクトップパソコンの調子が悪い。

不安なので、ずっとおこたっていたデータのバックアップをするため、USBメモリを買って、パソコンからいくつかのデータをすいとる。

クラウドやらいうところにも、あずかってもらう。

ふだんやりつけないIT仕事をたくさんしたので、頭がまっしろになり、仕事部屋の床に倒れふす。

三十分ほど倒れたのち、むっくりと起き上がり、旅行する時に使っているノートパソコンで、クラウドやらいうところにあずけたデータがちゃんと引き出せるか、確かめる。

それからまた、ふたたび倒れふし、そのままスマートフォンのドラクエウォークを、横たわったまま一時間おこなう。おこないながら、（スマホにのりかえた理由が不明などと公言しているが、やはりドラクエウォークをやりたいがためののりかえなのではないか）という言葉が頭の中をよぎるのを感じつつ、その言葉には絶対に正面から向き合わないよう気をつけつつ、粛々とドラクエウォークを続ける。

十二月某日　曇

午後三時ちょうどに、十年間使いつづけたデスクトップパソコンが、静かに生命を終える。

ほぼすべてのデータをバックアップし終えることと、ノートパソコンとスマートフォンを使いこなせるようになることを待っていてくれたのかと思うと、泣ける。

クラッシュした直後にピンポンが鳴ったので、出ると、高知県の友人からきた、巨大な梨と新生姜とめひかりの一夜干しの詰め合わせの荷物である。

なんだかよくわからないが、諸行無常を感じ、さらに泣く。

十二月某日　曇

スマートフォンを買って四日め、落としてガラスを割る。諸行無常感、いや増す。

十二月某日　雨

年末の掃除をしていたら、任天堂DSとドラクエ9のソフトが棚の奥から出てくる。

掃除が終わってからの楽しみにとっておき、夜中、おもむろに始めるも、老眼で任天堂DSの小さな画面の文字を読みとるのがつらく、続行をあきらめる。

十年前には、いともたやすく読みとっていたのに。

諸行無常感、ここにきわまれり。

尾てい骨仲間。

一月某日　雨のち雪

仕事の打ち上げ。

パソコンの話になる。

年末にデスクトップパソコンがクラッシュして買いかえた、という話題から、ハードディスクのさまざまな処理法の話になる。

業者に頼む。

ハンマーでたたき壊す。

多大な圧力をかけてつぶす。

ソフトでデータを消す。

などの、ネットにも載っている方法のほかに、

酢酸に一晩漬ける。

という方法があるのだと、打ち上げメンバーの一人が教えてくれる。

「酢酸ですか」

驚いて聞くと、

「酢酸に、たしかクエン酸も入れるといいそうです。ま、よくわかりませんが」

とのこと。

一晩かけて、何をハードディスクにおこなうのだろう、酢酸とクエン酸。

一月某日　晴

友だちと、新丸ビルの韓国料理屋さんで昼食。

豆腐チゲ定食を食べたあと、同じ階の通路に置いてある椅子で少しおしゃべりでもしようかと歩いてゆくと、椅子は、サラリーマンらしき男性たちによって占領されている。

彼らはほぼすべて椅子にぐったりと身をあずけ、目をつぶり、たいがいは口をあけ、たまにいびきをかき、熟睡している。

アイマスクをしているひともいる。

たくさんのふかふかした椅子いっぱいに寝入る、昼休みのサラリーマンたちを、友だちと二人でじっと眺める。

「きぎょうせんし……」

と、友だちがつぶやく。

「きぎょうせんし……」

わたしもつぶやき、しばしの休息をむさぼる「戦士」たちに心の中でエールを送りつつ、友だちと二人、その場をそっと立ち去ったのであった。

一月某日　晴

飲み会。

知人の結婚相手であるサウナ王（『東京日記6　さよなら、ながいくん。』一六三ページ参照）の話になる。

サウナ王は小さいころからペットをたくさん飼っていたが、その中でいちばん大きなペットは、象だった。

とのこと。

さすがサウナ王である。

一月某日　雨

ジムに行く。

何人かの顔見知りのひとたちと一緒にストレッチをする。

中の一人が、マットを敷いているのを見て、

「いつも必ず敷いてるよね？」

と聞くひとがいる。

「うん。わたし、おしりの骨が出てるから、敷かないと痛いの」

と、マットのひとは答えた。

おしりの骨。それはもしや、尾てい骨のことではないだろうか？

実はわたしも、尾てい骨の骨が飛びでていて、腹筋体操的なことをする時にはいつも尾てい骨が床にぐりぐり当たって、とても痛いのだ。小さいころ

は、すべてのひとの尾てい骨は自分と同じくらい飛びでていると思っていたのだが、そのうちに、誰の尾てい骨も全然飛びでていないことを知り、悲しんだり引け目に思ったりしていたのである。

「もももしかして、尾てい骨が出てるの?」

勢いこんで、聞く。

「うん」

なんでもないことのように、マットのひとはうなずいた。

その後、こっそりと彼女の尾てい骨をウェア越しにさわらせてもらったこと、自分の尾てい骨を正当化したくて、かつて「エイコちゃんのしっぽ」(『天頂より少し下って』所載)という短篇を書いたことを、ここに告白いたします。

耳の中のゴマ。

二月某日　晴

前回の「東京日記」を、平凡社の担当の編集者にメールしたところ、当の編集者も、実は尾てい骨がでっぱっているとの返信がくる。

「では、Y本さんも尾てい骨仲間なのですか」

とメールで聞くと、

「はい」

との返事が。

二月の「東京日記」にそのことを書く許可をとりつつ、はじめての男性の尾てい骨仲間であるY本さんに、思いをはせる。Y本さんとは、メールのや

りとりだけしかしたことがなく、まだ一回も会ったことがない。声を聞いたこともない。何歳かも知らない。姿かたちもわからない。

想像上のY本さんの絵を、反古《ほご》の裏にいくつもスケッチしてみる。なにか尋常ではないことを自分がしていることはうすうすわかっているが、まだ見ぬ文通相手をうっとりと想像するように、Y本さんの想像図を描きちらす。

ちなみに、わたしは絵が下手なので、想像図の大半は棒人間（もちろん、どれも尾てい骨がでっぱっている）。

二月某日　晴

新型コロナウイルスが、武漢だけではなく少しずつ中国以外の国にも広がっているというニュースを新聞で読む。

午後、友だちから電話。ＳＡＲＳがはやったころ香港に住んでいた友だちである。

「何か、備えておくことって、ある？」

聞くと、

「二週間ぶんくらいの備蓄とかしておくことかなあ。あと、家の換気はしっかりね」

とのこと。

「ふうん」

と、のんびり聞いていたその数週間後、日本もまったく対岸の火事ではなくなることを、この時はまだ、全然知らなかったわたしであります。

二月某日　雨

友だち四人と夕飯を食べる。

中の一人の話。

耳の中がものすごくかゆくなったので、最初は自分で耳かきをしたが、まったくかゆみは止まらなかった。耳かきエステというものがあることを聞き、行ってみた。内視鏡を使いながら精密に耳かきをしてくれる場所だという。実際に行ってみるとその通りで、目の前の画面の中で、内視鏡の映像が耳の

奥へと進んでゆく。耳垢は、いっさいないようだ。こんなにきれいな耳なのに、なぜかゆいんでしょうかねえ。エステの人が言う。鼓膜に近いところまで内視鏡は入ってゆく。そのとたん、あ、と言いさし、内視鏡をひきぬいてエステの人が隣の部屋に行ってしまう。何やら、相談している。おののきながら待っていると、お客様の耳の鼓膜の近くにゴマが一粒あります、取ってもよろしいでしょうか、と聞く。いいですと答えると、エステの人は非常に細心にゴマ粒を取ってくれた。かゆみは、とたんに消えた。取り出されたゴマは、白ゴマだった。

とのこと。

二月某日　晴

香港に住んでいた友だちの言葉にしたがい、換気をしてみる。寒いけれど、きもちいい。

換気しながら、今朝みた夢を思いだす。軽井沢にある別荘に遊びにくるようにと、何匹ものキンイロハナムグリに誘われる夢である。

キンイロハナムグリの別荘だとすると、かなり小さいはずと思い、遠回しに断る口実をさがしているうちに、夢から覚めた。

二月某日　曇

緊急地震速報のあのチャイム音を作曲したのは、「ゴジラ」の音楽をつくった伊福部昭の甥であることを教えてもらう。

換気をしながら、チャイム音を口ずさんでみる。とても、難しい。

遠くのちんどん屋さん。

三月某日　晴

新型コロナが日本にもしだいに広がりつつあり、外出や集会の自粛が要請される毎日である。

スマートフォンの歩数計を眺めると、一日に歩いた歩数が、五歩、二十二歩、百八歩、十六歩、というような日々が続いているので、散歩に出る。

いつもはほとんど人のいない道なのだが、何人もの人たちとすれちがう。街に出ればほとんどの人がマスクをしているが、このあたりではまだマスクをしている人は少ない。

ぐるりとひとまわりして、小さな公園のベンチに座って前を見たら、向かい側のベンチに、女の人が二人並んで座っている。

それぞれの腕には、鷹がとまっており、鷹をとまらせたまま、女の人たちは楽しそうにおしゃべりをしている。鷹は、羽ばたきもせず、ごく静かに、やすらかに、二人のそれぞれの左腕にとまっていた。

三月某日　晴

また散歩に出る。
桜が満開である。
今日もやはり何人もの人たちとすれちがう。ジョギングをしている人も多い。

この前鷹を連れた女の人たちがいた小さな公園の入り口に、自転車に乗ったままｉＰａｄを手にしている男性がいる。よく見ると、男性の自転車のハンドルには、スマートフォンが五つ並べてくくりつけてある。さらに、サドルのうしろのキャリア部分にも、三つのスマートフォンが。
自転車に乗ったまま、すべてのスマートフォンに目を配り終えると、男性はペダルを踏み、さっそうと去っていった。

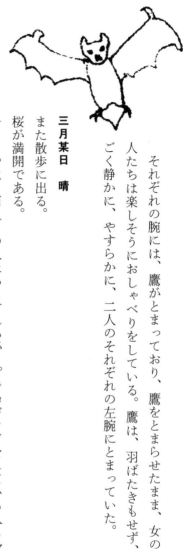

みなさま、あの男性は、いったい何をしていたのでしょう？　ご存知の方がいらしたら、ぜひ平凡社までお知らせを。

三月某日　晴のち雹のち曇

K談社で対談をするため、久しぶりに電車に乗る。
家を出たとたんに、大粒の雹《ひょう》が降ってくる。傘を持っていなかったので、雹を受けながらしばらく歩く。でも、駅に着くまでにはやんでいた。
雹はやんだが、風が強い。駅のホームで電車を待っている間も、ものすごい勢いの風が吹いてきて、スカートが『七年目の浮気』の時のマリリン・モンロー状態になりかける。あせって、おさえる。まわりを見まわすと、ほとんどの女の人たちはスカートをはいていない。強風の日の、それがきっと礼儀なのだ。

　自分のスカートが『七年目の浮気』状態になるのも困るが、見知らぬ女のスカートが『七年目の浮気』状態になっているのを見る側も、たいへんに迷惑なことに違いない。

K談社でつげ義春についての対談を終え、帰宅するころには、風はすっかりおさまっていたが、午後に降った雹が、二粒ほど、庭のしめった地面の上に残っていた。

三月某日　晴

また散歩に出る。

このあたりの、人が少ない道でも、ほとんどの人たちがマスクをするようになっている。

桜が散っている。若葉がまぶしい。

遠くから、ちんどん屋さんの音が聞こえてくる。

夢なのかもしれないと思って耳をすませると、音は消える。また耳を澄ませると、ふたたびちんどん屋さんの鉦と太鼓とらっぱの音が、ずっとずっと遠くから、流れてくる。

うとうとするような、春の昼である。

三月某日　雪

朝から雪。午後になって雪がやんだので、小さな雪だるまをつくる。

そのあと、近所を歩きまわったら、例年の雪の日につくられる雪だるまよりも、およそ百七十%増しの数の雪だるまが作られていた。

例年のような凝った形の雪だるまは少なく、ただ雪の玉をいそいで重ねたような、素朴な形のものが多い。

自粛下の日々の、みんなの心境をみる心地。

幸福物質。

四月某日　晴

新型コロナ感染による緊急事態宣言が発出される。

先月から、出版社も在宅勤務が多くなり、わたしもいろいろ新しいことをおこないつつ、目を白黒させる毎日である。

今日は、生まれてはじめての「電子署名」ということをおこなった。

といっても、相手が用意してくれた「署名」を、そのまま相手の言うがままにあれこれして（あれこれ、のなかみが、自分でおこなったにもかかわらず、よくわかっていない）、その結果どうやらパソコン上の書類に署名がなされたとおぼしい、という状態。

四月某日　晴

今日は生まれてはじめて、編集者の自宅に、単行本一冊ぶんの校正を送る。

「会社に送っていただくはずだったのですが、緊急事態宣言が出てしまいまして……」と、恐縮してくれる編集者。

でも、編集者はわたしの住所を知っているけれど、わたしは編集者のひとたちの住所を知ることはほとんどないので、実はわくわくしている。

教えてもらった住所は、なんと、うちのすぐそばだった。

歩いていって投函しようか……と一瞬思い、あわてて

「だめだめ」と自分をいさめる。

それではただのストーカーではないか。

でも、コロナの自粛でいろいろ制限の多い日々の中、直接歩いていってしまいたいという欲望は、ふくれてゆくばかりだ。しかたないので、その編集者の家の最寄のコンビニまで歩き、校正の束の入った封筒を宅配便に託す。

直接投函すればば、宅配便のお金もいらないし、わたしも楽しいし、いいことばかりじゃないか、と思う自分に、自分の中のもう一人の自分が、

「聞こえますか……聞こえますか……編集者のひとは……いやがるでしょう……」

と、遠くからいさめる。

ストーカー化しなかった自分をほめるため、コンビニでチップスターを一本買い、帰ってからむしゃむしゃ食べる。

四月某日　晴

散歩に出る。

先月は「マスクをしていない人も」と書いたが、ジョギングの人さえ、マスクをしっかりつけている。苦しくないのだろうか。

「伊佐坂先生」（『東京日記3　ナマズの幸運。』一〇五ページ参照）のおうちまで歩き、引き返す。

気持ちがはっきりしない時には、いつも「伊佐坂先生」のおうちまでゆき、その明朝体の明確な表札をしばらく眺めることにしているのだ。

四月某日　晴

今日も気持ちがはっきりしない。

突然思いついて、「生マグロ塊」をネットで注文。

午後から、次第に気が晴れはじめる。

四月某日　雨

生まれてはじめての「生マグロ塊」到着。

あまりのつややかさに、半分失神しそうになりながら、ネットで学んだ方法で切り分ける。

さらに失神しそうになりながら、食べる。

一生ぶんのマグロを食べてしまった心地。頭の中に幸福物質があふれていることが実感される。今月のエンゲル係数は80パーセントくらいと予想されるが、そのことも、もはやどうでもいい気分に。

四月某日　曇

生まれてはじめてのＺｏｏｍ打ち合わせ。

一時間前からあれこれしてもどうしてもつながらず、開始十秒前にあやうくすべりこみで参加できたことは、打ち合わせの相手には、もちろん黙っている。

夜、手帳の今日の日づけのところに、「打ち合わせ　Ｚｏｏｍ」と、いかにもＺｏｏｍを使いなれているかのように、さりげなく書きこむ。

活発な生物界。

五月某日　雨

ゴミを出す。

いつもは庭の東南の端っこに置いてある植木鉢のそばに棲息しているヤモリが、植木鉢からは少し離れた場所にあるゴミ箱の内側に張りついている。

雨を避けてのことだろうか。それとも、雨で元気になって活動的になっているのだろうか。

そっとさわってみたら、しっぽを、ぎゅん、と動かしてから、ものすごい速さでゴミ箱の側面をくだりおり、雑草の中へと消えた。

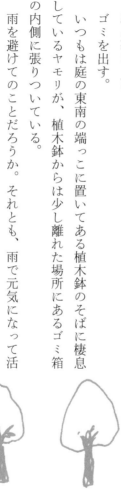

五月某日　曇

うぐいすが高らかに鳴いている。

毎年うぐいすのさえずりは聞こえてくるのだけれど、今年のうぐいすは、ひときわ声がいい。

例年のうぐいすが、「ホーホケキョ」と鳴くとしたら、今年のは「ルルルルルルルルルルルル、ホーーーーッホケキョッ、ホーーーーーーッホケキョッ」と、長々とつづく艶のある鳴き声である。

おまけに、三月の初鳴きから、今までずっと鳴いている。窓の近くの枝にとまった時など、家の中のどんな音——洗濯機のお知らせやお風呂が沸きましたの音や家人の声やテレビの音——よりも、高らかである。

やはり、今年は生物界のもろもろが、活動的になっているのか？

五月某日　晴

生物界のもろもろに追随せんと、わたしも朝早くから活動を開始。

人の少ない六時ごろに散歩に出、帰ったら掃除をし、常備菜をつくり、仕事をし、早い昼を食べたらまた仕事をし、お腹がすくころに夕飯を食べ……、という生活をしているうちに、どんどん早寝早起きになってゆく。

このごろは、午後七時に就寝、午前三時に起床、というペースになっている。

午前三時に起床。

午前五時くらいに起床、ということならば、少しいばった気持ちで人さまに言えるのだけれど、午前三時、というのは、よくわからないけれど、なんだか人聞きが悪いような気がして、誰にも打ち明けられずにいる。

……と思っていたのだが、新聞を読んでいたら、「平安の貴族は、夏ならば午前三時くらいに起床し、夜明けと共に宮中に上がっていた」と書いてあった。

なるほど、わたしは今、平安貴族と同じ生活をしているのか！

早速友だちに電話して、自慢する。

「はぁ、そぉ」という反応しか得られないが、貴族なので、反応の良し悪しなどにはこだわらないのである。

五月某日　曇

緊急事態宣言の解除。

けれどやはり生物界のもろもろは活動的となっているにちがいないので、しばらくは平安貴族の生活を継続するべく、早朝、庭のヤモリにあいさつに行く。

今日のヤモリは、植木鉢のすぐ横で、少し斜めになりながら、目をぱっちりと開いていた。

おはよう、と声をかけると、すばやく雑草の中に走り去った。うぐいすはこの数日はもう鳴かなくなり、かわりにシジュウカラがツピツピツピツピツピさえずっている。

どうか人間も生物界の一隅に住みつづけられますようにと祈りつつ、ヤモリが走りこんだあたりの雑草にふれてみる。ツピツピツピツピツピ、という声がふってくる。

コロシアム建造。

六月某日　曇

先月末に緊急事態宣言が解除される。

だ、大丈夫なんだろうかと不安になりつつ、よその国の様子も聞こうと、ロンドンに住んでいる友だちにメールしてみる。庭に来ていたうぐいすの声を録音してあったので、それも一緒にそえてみる。

「おっと！　みごとなホーホケキョ！

日本は感染者が少ないけど、PCR検査も少ないので、イギリスでは日本のことはあんまり話題にあがらず、さみしいです。

近所の川の近くのパブがテイクアウトを始めたので、久しぶりにパブのビールを飲みました。」

とのこと。

ビール欲がむくむくとわき、缶ビールを冷やす。「川の近くのパブ」でテイクアウトしたつもりで、家でいちばん背の高いガラスのコップにビールをつぎ、「川、川」とつぶやきながら、飲み干す。ついでに、自分で録音したホーホケキョの声も流してみる。イギリスと、日本と、想像の中のよくわからない場所が心の中でいりまじり、微妙な気持ちになりながらも、ビールはとてもおいしい。

六月某日　晴

自宅にずっといるので、体重が気になる。

体重計には、しばらく乗っていない。

怖いからである。

でも、意を決して、乗ってみる。

家の体重計は、最初に顔マークが出ることになっている。にこにこ顔、無表情の顔、悲しい顔の三種類である。はじめのうちは、体重が減ればにこにこ顔、増えたら悲しい顔になるのだろうと思っていたのだが、よく観察してみると、必ずしも体重の増減と、顔の表情とは、単純な相関関係にはないようなのである。

さあ、どの顔が出るだろうか。

どきどきしながら待つと、一瞬ののちに、にこにこ顔が出てくる。

やった。そんなに体重は増えていなかったんだ！　と、喜びながら、体重が表示されるのを待つ。

増えている。完全に、増えている。

それなのに、顔はにこにことほほえんでいるではないか。

いったいこの体重計は、何に対してほほえんでいるのだろうと、何回か測りなおしてみる。

結論から言えば、どうやら筋肉量が増えた時に、体重計はにこにこ顔になってくれるらしい。

しかし、筋肉量は増えていても、体脂肪量も、体重の総量も、同時に増えているのである。気持ちのもってゆきどころなく、にこにこマークをぼうぜんと眺める。

六月某日　雨

寒い。四月上旬の陽気とのこと。

今日から休業要請が、全面解除に。

もともとの居職である自分はともかく、出社して仕事をする人々はもっと慎重を期したいのではないだろうかという気持ちと、体重増加の事実があいまって、心の中でコロシアムの建造が始まってしまう。

心の中のコロシアム建造は、どうにも割り切れない気持ちが続いている時に始まる。現代的なコロシアムではなく、ローマ時代の火山灰を利用したコンクリートでできた、古典的な円形のものである。完成する前から、観客がどんどん入ってきて、おこなわれている試合に見入る。さきほどはコオロギの群れどうしの、キックをふんだんに使った格闘試合がおこなわれていたし、あと一時間もすれば、くわがた十四によるバトルロワイアルがおこなわれる予定だし、明日はたぶん、鳩採り合戦がおこなわれるにちがいない。

コロシアムはとても堅固なので、一度建造されてしまうと、なかなか朽ちてくれない。そして、朽ち果てるまで、手に汗を握る試合が、ひっきりなしに開催されつづけるのである。

六月某日　曇

心の中のコロシアムでの戦いの日々に疲れて、弟に電話。

弟もわたしも、自由業なので、お金の話になる。

「あのさ、この前、実家に行ったんだけどさ」

弟がしんみりした声で言う。

「おまえ、収入はあるのかって、聞かれた」

「あたしも、この前同じこと、聞かれた」

聞いたのは、先月九十歳になった、心不全で二月に入院し、三月に退院してきたばかりの父である。

この年になっても、病気の父に心配をかけている自分たちの来し方のことを振り返り、二人でしんみり。電話を切ってから、鶏のから揚げを大量につくる。そして、体重だのなんだののもやもやを吹き飛ばそうと、山ほど食べる。明日はきっと、また体重計に、にこにこしてもらえることだろう。

じゃがりこ期。

七月某日　晴

このごろの平安貴族の生活（本書六二ページ「活発な生物界。」参照）のため、今日は午前二時に起床。

寝床で本を読んでいると、何かが爆発するような音が聞こえた。時計を見ると、午前二時半を少し過ぎたところ。

雨戸をあけ、周囲や夜空を見まわすが、雷も鳴っておらず、爆発の余波のようなものも見当たらない。

夜が明けて朝のニュースを見ていたら、「火球」というものがその時刻、関東地方上空を飛んだとのこと。

平安の気持ちになっているので、「火球と疫病……みやこは物忌みに入ら

なければならない……」と、意味不明のような、現在の日本の状況にたいへんにマッチしているような言葉をつぶやきながら、掃除。

けれどなぜか、掃除を終えると、平安の気持ちはすっかり流れ去っており、かわりに今日買い物に行くスーパーマーケットの買いもののメモに心を支配されている。

今日買うものは、中華麺二袋と、じゃがりこたらこバター味と、とうふ二丁そのほか。

おそらく、じゃがりこ、という名前を思いうかべたとたんに、平安の気持ちがすうっと体から抜け出ていったもよう。

七月某日　晴

夜、ビールを飲みながら、じゃがりこたらこバター味を食べる。

このところ、じゃがいも系スナックの備蓄が、チップスター期からじゃがりこ期に移行しつつある。そのうえ、チップスターはうすしお味だけに忠誠を誓っていたのに、じゃがりこに関しては、すべてのフレーバーのじゃがりこに目がゆく、浮気三昧状態。

「じゃがりこ」という言葉が、平安を流し去ってくれるはずなのに、もしや「じゃがりこ」購入に関して、平安貴族たちの性愛行動様式に影響を受けてしまっているのだろうか。

七月某日　雨

ガス器具の点検をするので、家の鍵を貸してください、という男性がやってくる。

なぜ家の鍵を貸さなければならないのですか、とインターフォン越しに聞くと、男性は突然、

「では、いいです」

と言い、くるりと背を向けて去っていった。

東京ガスに電話して、これこれしかじかの男性がやってきたが、ガス器具の点検だったのか、と尋ねる。

「おそらく、悪徳な業者と思われます」

とのこと。ガス関係の点検をおこなう時は、必ず前もってお知らせをすることになっている、そして点検に来る人は必ず東京ガスの名刺を持っていて渡してくれる、ということを教わる。

いよいようちにも、老人相手の詐欺がやってくるようになったのだ。感無量である。

これからやってくるかもしれない、あらゆるタイプの老人相手の詐欺あるいは悪徳な業者を想像し、午後いっぱいを、どきどきしながら過ごす。

七月某日　曇

今日からＧｏ Ｔｏトラベルキャンペーン開始。

けれど、みやこはまだ物忌みの期間なので、みやこびとはキャンペーンのご利益を受けられない（と、頭の中で、ニュースを平安仕様に自動的に翻訳）。

夜、録画しておいたドラマ「半沢直樹」第一回を見る。

たしか、数年前の最初の「半沢直樹」では、悪役よりもいい人役の方が多かったはずなのに、今回の「半沢直樹」は、ほとんどの人が悪役になっている。主人公も、悪役である。行動がいい人でも、顔つきや身振りや声の出しかたが、どう見ても悪役である。

悪役はたくさんの顔の筋肉を使って気持ちよさそうだなあと思い、見終わってから、自分もいろいろ、悪役の顔つきをしてみる。

七月某日　雨

頬のあたりが筋肉痛。

昨日、悪役の顔をしてみたために違いない。

俳優の人たちは、体の筋肉だけでなく、顔の筋肉も鍛えに鍛えているということを思い知り、尊敬の念いや増す。

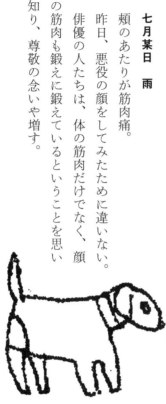

新手の地獄。

八月某日　晴

新型コロナのため、この夏はクーラーをつけっぱなしにせず、窓をよく開けて換気をしている。いきおい、今まであまり聞いていなかった外の音を、よく聞くようになっている。

先々週のはじめには、今年はじめてのニイニイゼミの声を聞いた。

その数日後には、今年はじめてのカナカナ。

今日は今年はじめてのツクツクホウシ。

梅雨が長かったせいか、いつもは鳴き始めの開始がもっとばらばらなのに、いっせいにいくつかの種類のセミが鳴き始めている。

午後には、近所のどこからか、男性の歌声。リズムも音程も非常に不安定な「ルビーの指環」につづいて、「ボヘミアン・ラプソディ（らしき曲）」。

八月某日　晴

午後にまた、近所の男性の歌声。

リズムも音程も昨日よりさらに不安定な「ルビーの指環」につづいて、「舟唄」「What's Going On（たぶん）」、「誰も寝てはならぬ（おそらく）」、最後に「およげ！たいやきくん」を、かなり朗々と。

八月某日　晴

午後にまた、近所の男性の歌声。

「ルビーの指環」と、次には女性も一緒に声をそろえて歌っている「Hand-Clap（たぶんおそらく）」を、長々と。

どうやら踊ってもいるらしく、かすかな振動音も聞こえてくる。

ともかく始まりは「ルビーの指環」であり、その歌声が始まると、近所のセミはほぼすべて鳴くのをやめるという強力な歌声なのである。

八月某日　晴

知人が、メールで「地獄の19分トレーニング」という動画を教えてくれる。地獄、という言葉に怖気づいて、いったん見始めた画面を、すぐさま閉じる。

午後、原稿が進まないでいる合間に、ついまた「地獄の19分トレーニング」の動画を開いてしまう。

そのうえ、つい一緒に「トレーニング」を始めてしまう。

しかし、最初の一分半で脱落する。

八月某日　晴

「地獄の19分トレーニング」のことを、違う知人にメールしたら、トレーニング関係の動画を十本、メールで教えてくれる。

「地獄」関係が三本、「楽」と銘打ってあるものが六本、そして最後は「HandClap」三分バージョン。

それぞれのさわりをほんの少しおこなってみたが、すべて「地獄」である。

新型コロナ感染が始まって以来、日本にはこのような新手の「地獄」がたくさん出現したのかと思うと、感慨無量。

青魚の懸案。

九月某日　晴

突然洗濯機がこわれる。

数年前から不調だった冷蔵庫よりも、先にこわれるとは。

ちなみに、冷蔵庫を買ったのは、二十年前、今回こわれた洗濯機を買ったのは、十年前。

洗濯機の方がずいぶんと若いのに、不憫だ。冷蔵庫のたった半分の寿命ではないか。

家電量販店に行き、しずしずと洗濯機を見てまわる。

結局新しく買うことに決めた洗濯機は、乾燥機能が装備されていないもの。

なぜなら、この十年間で、こわれた洗濯機に搭載されていた乾燥機能を使ったのは、わずか五回のみであったからだ。乾燥機能がない新しい洗濯機の値段は、こわれたものの半額。乾燥機能とは、高価なものだったのだなあ。でも、有効利用できなかった……。

寿命も短ければ、才能の発揮もあまりうまくゆかなかった古い洗濯機が、さらに不憫になる。

ごめんよ、と謝りながら、新しい洗濯機が運ばれ古い洗濯機が引き取られる日を、店員さんと一緒に嬉々として決める。

冷酷な持ち主でごめんよ、と、再度謝りながら、新しい洗濯機には名前をつけようかどうしようか、四角いから角美ちゃんはどうだろうか、少し茶色がかっているから茶之介はどうだろうかと、浮き浮き考えながら、帰路につく。

九月某日　晴

イワシがおいしそうなので、買う。

塩焼きにして食べるが、ぜんぜん脂がのっていない。大きくて、つやつやしていて、目の澄んだイワシなのだが、ばさばさした食べ心地で、しゅんとする。

しゅんとしたまま食べ続けていたら、喉に骨がささる。

九月某日　雨

友だちから電話。

一尾五百円もする初サンマを買って食べたが、まったく脂がのっていなかったことを怒る電話である。この前食べたイワシもそうだったんだよ、と言うと、友だち、怒るのをやめて、

「それは懸案だね。青魚の懸案」

と、つぶやく。

九月某日　曇

青魚の懸案問題を検討するために、サンマを買ってみる。一尾二百二十円。

やはり脂はほとんどのっていない。

おまけに、この前ささったイワシの骨がまだ抜けていないようで、喉の奥のある一か所が、ずっと痛い。

九月某日　雨

寒い。イワシの骨がささって、はや二週間。痛みは、軽くなったり、ふたたび強くなったりしている。

思い余って、耳鼻咽喉科医院をネットで探し、電話をかけてみる。

「骨。喉の奥ですか？」

と聞かれたので、そうです、と言うと、

「コロナ感染予防のため、当医院では、喉の奥に内視鏡をいれる診察はしておりません。あーんと口を開いてみて、みえる骨ならばとれますが、もっと奥だと、何もできないのです」

とのこと。

あーん、と鏡の前で口を開いてみるが、骨はみえない。

では、コロナ感染がおさまるまで、このイワシの骨を喉にさしたまま生きてゆかねばならないのだろうか……。

九月某日　晴

耳鼻咽喉科に電話をかけてから、一週間がたった。

朝起きたら、昨日までずっと続いていたイワシの骨の痛みがなくなっている。

今朝がた、頭が陶製の男を、仙台まで連れていってやり、男が片思いしている女（この女の頭も陶製）のところまで案内してやった、という夢をみたおかげだろうか。

案内しているわたしの頭も、夢の中では陶製で、もしかすると陶製の頭部の喉の表面は非常につるつるしているため、骨はつきささり続けることができず、抜け落ちてしまったのではないか。

ということは、夢をみていた一瞬、わたしの頭は実際に陶製のものに変化していたのか？

骨を喉にさしたまま生きてゆくことと、一瞬頭が陶製に変化することの、どちらが、人間にとって致命的なことなのか、しばし思いめぐらせ、最終的には、そのようなことは忘れるに限ると決め、新しい洗濯機「茶之介」でもって、猛然と洗濯を始める。

月に頼る。

十月某日　曇

今夜は、中秋の名月だったことを、パジャマに着替えてから気づく。あたたかな夜である。

パジャマのまま外に出て、植え込みの間に身を隠し、月をさがす。ない。

周囲の家の植え込みから植え込みへと、忍者のごとく飛んで身を隠しつつ、さがし続ける。

でも、月はみつからない。

五分ほどさがしたが結局夜空のどこにも月はみつからなかったので、家に戻る。

寝しなに、お手洗いの窓を小さく開けたら、そこに月が。塀と塀の間の狭い隙間をぬってとても見えにくい角度の上空に、月はまるまると輝いていた。

十月某日　晴

コロナが始まってから初めてのオンライン飲み会。

「もうオンライン飲み会はやりつくして、すっかり飽きた」という知人がほとんどである中、ようやく学生時代の友人からの誘いがあったのである。

「すっかり飽きた」と語る人たちは、もちろん誰もわたしをオンライン飲み会には誘ってくれなかった。

友人たちに感謝しつつ、中秋の名月がお手洗いの小さな窓からしか見えなかった話などを、モニターの画面越しにする。

「で、オンライン飲み会って何回くらいした？」

中秋の名月の話を枕にし、恨みがましい感じをかもし出さないよう注意しながら、聞いてみる。

「三回」

「十回以上かな」

「昨日もオンラインお茶会した」

との答えに、顔がこわばらないよう限りなく集中しながら、

「中秋の名月はきれいだったよ」

と、一つ覚えのように、月に頼った話題を語り続ける。

十月某日　曇

何か気が晴れないので（友だちが少ないあるいはほとんど皆無という事実に向き合った時の、いつもの気鬱）、発作的にネットで生筋子を注文した、その生筋子が、宅配便で届く。

筋をばらし、掃除をし、いくらの状態になったものを、薄い塩水に漬ける。集中を要する作業が、晴れない気持ちをしずめてくれる。

山ほどの塩いくらを作りおえ、満足。

このように、気の晴れないことを、生筋子や、マグロのかたまりや、近所

の猫を呪うことで解決してきた自分の人生をふりかえり、しばしぼんやり。

どう考えても、そのような物質的あるいは他罰的な解決を選んできた自分が、極楽に行ける気がしない。

夕飯に、これでもかというくらいのいくらを盛ったどんぶり飯を食べる。勢いがつき、極楽がなんぼのもんじゃ、とつぶやきながら、就寝。

十月某日　雨

フォンデュを食べている人を眺めつつ、祭から帰ってこない幼い弟を心配しつつ、この前オンライン飲み会をおこなった友だちの一人と同じ寝台に横たわっているという、多視点的な夢をみる。

ちなみに、横たわっている寝台は、ふつうの寝台の半分の幅の簡易ベッドで、友だちとわたしは、頭と足が互いに反対になるように寝ている。

その、横たわっている自分と友だちを、もう一人のわたしが、お手洗いの窓越しの上空から、見ている。

目覚めてから、フォンデュのつくりかたを検索する。「フォンデュでコロナは感染するか」という記事がトップにあり、じっくりと読む。注意深くふるまえば、フォンデュで感染は、しないもよう。

まだ知らない……。

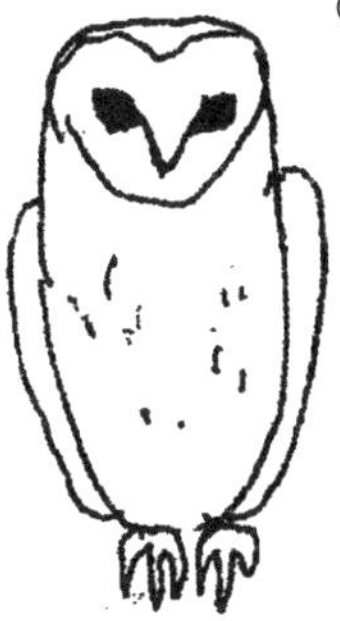

十一月某日　曇

お向かいさんの庭に、昨日から突然テントが出現している。テントは黄色くて、小さい。

昼間、二階の窓から眺めていると、中から男性が三人、次々に出てくる。三人は手に手にアウトドア用品を持ち、一人がガスバーナーで火をおこせば、もう一人は三脚的なものに網をのせ、もう一人は網の上に鍋を置いて湯をわかしはじめる。

三十分、じっと眺めつづける。鍋ではまずラーメンをつくり、卵を落とし、それぞれのどんぶりに分配。次に網の上で野菜と肉を焼き、それぞれの皿に分配。最後にお湯をわかして、コーヒーをドリップしていた。

男性たちはたぶん四十歳前後。厚着をしてどの人も帽子をかぶっている。話し声までは聞こえないが、しごく和気藹々《あいあい》と満足した雰囲気。キャンプなどのアウトドアはたいそう苦手なわたしだが、うらやましい気持ちをおさえることができない。なんだかくやしくて、この先一カ月は決してラーメンを食べないことを決意。

十一月某日　晴

「まちがって隣の人のサラダを食べた……ブロッコリが入ってた……」という、家人のうめき声で目が覚める。

夢からはっきり目が覚めたころ、うめいたポイントは、隣人のサラダをまちがって食べたことだったのか、あるいはブロッコリが入っていたことだったのか、聞いてみる。

「もちろんブロッコリが入っていたこと」

だそう。

ちなみに、家人にブロッコリに関する好き嫌いは、とくにない。

十一月某日　晴

ラーメン屋で修業する夢をみる。ラーメン禁止の決意の影響か。迷いを振り払うために、近くのローソンまで散歩し、ドラクエウォークの「ローソンメダル」をゲット。同時に、無料のコーヒー券もゲット（ゲーム内のローソンキャンペーン期間なので、ローソンの近くまでゆくと、いろいろなものが手に入るのである）。

ラーメンばかりでなく、コーヒーまでもがわたしの無意識に沈潜して、キャンプへのうらやみをかきたてているのだろうか。そのうらやみの気持ちが、無料コーヒー券を引き寄せたのだろうか。

無料コーヒー券は、決して使わないことを決意。

十一月某日　晴

結局、ラーメンやコーヒーに関する葛藤は、お向かいさんにキャンプを共におこなえる友だちがいることへのうらやみ、すなわちこの日記全体をひそかにおおっている「友だちがいない問題」に帰着することを、ようやく自分に対して認める。

問題を解決しようと、ずいぶん連絡をとっていない友だち（たぶん）に、メールをしてみる。そして、おそるおそるＬＩＮＥに招待してもいいかと、聞いてみる。

気軽に「ＯＫ」の返事がくる。

嬉々として招待をおこない、三往復ほどのやりとりをし、心の平安を得る。けれど、そののちこの原稿を書いている現在までの少なくとも二カ月は、その友だち（たぶん）とはふたたびＬＩＮＥをすることがないことを、その時の自分はまだ知らない……。

十一月某日　曇

久しぶりに買い物に行く。

葉物野菜売り場の前で、突然見知らぬ女の人に話しかけられる。

「きのう、玄関の前にメジロが死んでたんです。しばらくしても、ずっと死んでたんです。それで、庭にお墓をつくりました」
とだけ言い、女の人はすうっと離れていった。

十一月某日　晴

少しばかりしんみりしていたこの一ヵ月を振り返り、気持ちを晴らすために、ラーメンを解禁することにする。

キャベツともやしと豚バラ肉ときくらげをたっぷり入れたサッポロ一番塩らーめんをつくり、あまさず食べる。

心の平安、たいそう満たされる。結局ラーメンが食べたかっただけの一ヵ月だったのではないかと、自分を疑う。友だちだって、いないわけではないし（この時はまだ、友だち（たぶん）からその後もうLINEがこないことは、まだ知らない……）。

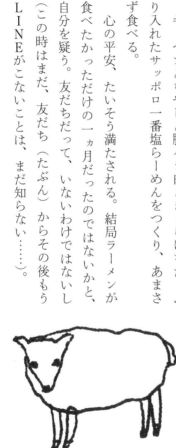

ひ。

十二月某日　曇

まだ十二月も始まったばかりだというのに、クリスマスの飾りつけをおこなう。

例年は、二十四日直前に思いだして、となかいの絵を飾ったり、昔拾った松ぼっくりをそのまわりに散らしたりするくらいで、忘れて飾らないこともよくあるのに、今年はいやにていねいに「クリスマス」に備えている。

ずっと家にいるから、というのもあるが、誰も見ないから、というのも大きいような気がする。

「こんな張りきって飾ってやがる」

あるいは、

「せっかくのクリスマスなのに及び腰のデコレーションしかしてやがらない」

だのという反応を恐れ、のびのびと飾りつけができなかったのではないか。あいかわらずの自意識過剰だが、今年は誰の目も気にすることなく飾りつけができるのだ。

その結果、例年のとなかいの絵・松ぼっくりに加え、クリスマスオーナメント・サンタ模様のくつした・『サンタのなつやすみ』『さむがりやのサンタ』の二冊・雪だるま模様の和式手ぬぐい・かぼちゃの形のろうそく・ゆず・銀色のスカルのブローチ・ベトナムみやげのランタン・カウベル・カラフルな傘などを、玄関の横の廊下に並べる。

次第にクリスマスから離れていっているのは自覚しているが、コロナで「グローバル」な行動が規制されている昨今、せめて世界の「祭」的なものを一堂に集めて寿ぎたいという気持ちのあらわれである。

散歩から帰ってきた家人に、

「なんでしょう、これは」

と、怖がられるが、満足である。

十二月某日　晴

アメリカにいる知人からメール。

「マダガスカルには、落ちている石すべてがアンモナイトである山があるそうです」

と、書いてある。

すべて、もれなく、大も小も、白いも黒いも、アンモナイトなのか……。

十二月某日　晴

友だちと電話。

家でサイン本をつくり、落款をたくさん押したところだと話すと、どんな落款を使っているのかと問われる。

「書家のひとが彫ってくれた『弘美』という文字の落款だよ」

と答えると、友だち、笑いながら、

「そういうかっこいいの、カワカミさんには似合わない」

どきり、とする。毎回押しながら、自分にはどうも立派すぎる落款だという不安がきざしてはいたのだ。でも、もう六十歳も過ぎているのだから、立派な落款を押しても罰は当たるまい、と、自分をなだめてもきたのだ。

「どういうのが、似合うかなあ」

「消しゴムで『ひ』って彫るといいと思う。あんまりうまくない字だと、ベター」

なるほど、たしかにわたしに似合いそうだ。

「『ひ』の横に、棒人間も彫るのは、どうかな」

「そんな難しい彫りもの、できないでしょ」

たしなめられ、納得。

もつべきものは、客観性のある友だちである。

十二月某日　晴

今年最後の日。

打ちおさめのメールに、

「なんとなく」

と書こうとして、

「なんとなす」

と書いたまま送信してしまったことに気づかないふりをしつつ、就寝。

掃除機とフェンシング。

一月某日　晴

緊急事態宣言がふたたび出され、来週おこなう予定だった会議が、急遽リモート会議に変更される。

メンバーの一人から、電話。

「パソコンはあるんだけど、いったいどうやってズーなんとかとやらいうものに参加したらいいのか、わからない」

とのこと。会議を主宰する会社の人が教えてくれるのではないかと言うと、

「教えてもらったけど、よくわからない」

と。

「Ｚｏｏｍと検索すると、アプリが出てくるから、インストールすればいい

んだよ」

「アプリ？　インストール？」

要領を得ないこと、はなはだしい。どうやって説明していいか、途方に暮れる。そして、一昨年の暮れに、初めてのスマートフォンを買いにいった時の自分を思いだす。

アプリだのソフトだのクラウドだのジョブズだの、ふだんはまったく自分とは無関係な単語が突然大量に目の前を通りすぎていった時の、あの茫然自失感。

スマホやパソコンで何かを始めようとしても、いったいどこをさわってどこを動かしてどこに進めばいいのかさっぱりわからなかった時の、あの虚無感。

それらをすっかり忘れ去り、生まれてから今までずっと電子機器類を駆使してきたような気分になっている今の、勘違い感。

たった一年と少しで、ここまでオンライン関係のことに関して図に乗った気分になっている自分をかえりみ、深く反省。

でも、電話の相手には、結局「ズーなんとか」への参加の方法をうまく説明すること、かなわず。しかたないので、

「わたしでもできたんだから、絶対にできる」

と、意味のわからないはげまし方をして、電話を切る。

一月某日　晴

リモート会議。

電話をしてきたメンバーも、無事参加している。

終わってから、電話がまたくる。

「川上さんでもできたんだから、と思ったとたんに、するするアプリをインストールできた」

とのこと。お役にたてて、光栄です……。

一月某日　曇

某D社の、たいへんに吸い込み力の強い掃除機を、衝動

買い。

ネットで、値下げがなされていたからである。

新型コロナの日々が始まってから、ネットでの買い物があきらかに増えているが、以前からの「衝動買いは実用品にかぎること」という決まりは、今でもほぼ守られている。

が、いくら実用品だったとしても、掃除機という大きなものの衝動買いは、いかがなものか。

夕方まで、反省。

一月某日　晴

某D社の掃除機が、送られてくる。

重い。一番軽いものを選んだのだが、重い。片手で持つ、コードレス式のものである。そういえば、以前読んだ『フランス人は10着しか服を持たない』という本に、たしか、日々の生活の中でシェイプアップをする、という項目があり、そこには、

「掃除機をフェンシングの剣のように持ち、ずいずい掃除する」

と書いてあった。

読んだ当座は、まず掃除機を片手で持つ、という情景が理解できず、その後コードレスの掃除機の存在を知るも、日本製のコードレスの掃除機はたいへんに軽やかであるため、いくら片手で持って「えいっ」と、フェンシングのまねっこをしても、たいして鍛えられないではないかと、ずっと不審に思っていた。

けれど、この某D社の掃除機ならば、片手で持ちフェンシング様の動作をおこないつづけたなら、かなり上腕が鍛えられること必至である。アメリカ人である著者も、某D社のコードレス掃除機を使っているのだろうかと、突然の親近感が。

ちなみに、『フランス人は10着しか服を持たない』を読んだ理由は、わたしが一つの季節にほぼ一種類のコーディネイト分の服しか持っていないから。おしゃれなフランス人と自分を同一視しようともくろんで読んだのだが、フランス人は

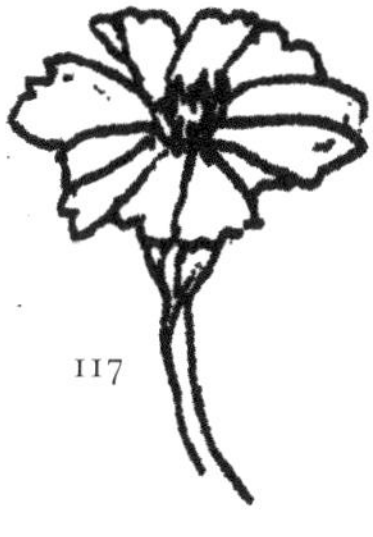

10着しか服を持っていないにもかかわらず、さまざまなコーディネイトをおこなっている、という内容を読み、怒って棚の奥にしまいこんだのだった……。

目の前ににんじん。

二月某日　晴

二度目の緊急事態宣言のもとで、数独期が始まってしまう。

わたしの人生には、ドラクエ期、手持ちの長篇マンガを読み返す期、数独期などが順ぐりに訪れるのだが、この中でもっともまずいのが、数独期なのである。

案の定、数独期第一日めから、順調に一日平均二時間を数独に費やしてしまう。

一日平均二時間ならば、たとえばドラクエ（昔ながらのもの）を開始するやクリアするまで毎日のようにおこない続けることにくらべ、ましではないかと思われるむきもあるだろう。

けれど、ドラクエならばクリアしてしまえば、また数十巻あるマンガならば最後まで読んでしまえば、そこでしまいになる。ところが数独には、おしまいがないのだ。

そのうえ不思議なことなのだが、ゲームも本も途中でやめることはそれほどつらいことではないのに、数独だけはものすごい依存性があるのか、解くのをやめて日常に戻ることが、たいへんに苦しい。

ネット依存という言葉があるが、数独の方が、じつはネットよりも数段依存性が高いのではないか。

昨夜も、『激辛数独』と、ちびた消しゴムとシャープペンシルを枕元に置いたまま、寝落ち。

真夜中、ふと目覚めたら、ちびた消しゴムが頰の下に入りこみ、消しゴムのかたちに頰がくぼんでいた。

二月某日　曇

数独期、去らず。

でも、「やめなければ」と気張ると、かえってやめられなくなる自分の性格を知っているので、「午前中に原稿を書けたら、その後に十五分だけ」「午後の原稿の後に、十五分」というふうに、「目の前ににんじん」方式でのぞむ。

せっかくの緊急事態宣言なのに、前回の緊急事態宣言の時のように家の掃除にはげんだり、庭の草むしりを熱心におこなったりする時間が、ほとんどなくなっている。それもこれも、すべて数独期が始まってしまったせいだ。

が、よく考えてみれば、新型コロナの感染拡大が始まる以前は、掃除にもはげんでいなかったし、草むしりもさぼり続けていたのだ。そして、数独に依存してこそいなかったが、かわりにふらふらと飲みに出たその翌日のふつかよいにより、無駄に寝床の中で何時間かを過ごしたりしていたわけだ。

どのような環境下においても、自分は勤勉で実直な生活

ができないことを、新型コロナははっきりと証明してみせたともいえよう！

と、むだに胸をはりつつ、この原稿を書き終わったら十五分数独ができる……と、目の前のにんじんをうっとりと見つめているこの一瞬である。

二月某日　雨

ようやく数独期が去りつつある。

というか、家にある二冊の『激辛数独』の本をすべて解いてしまったのだ。このままゆっくりと数独期を見送るために、決して新しい『激辛数独』は買わないよう決意。

午後、解き終えた二冊の『激辛数独』に書きこまれたすべての鉛筆書きの数字を、消しゴムで消し始める。今消しゴムを使っているのは誰？　ここはどこ？　と心の中でつぶやきながら、結局一冊全部を消し終える。

二月某日　晴

大きな猫三匹をしたがえた知人が、コートのポケットにもさらに小さな猫三匹をひそませて遊びにくる、という夢をみる。

起きると、すべての文字を消すことによってよみがえった『激辛数独』が、寝落ちした自分の顔のすぐ横に。

もしかすると、夢の中の猫は、数独本を象徴しているのか？　大きな『激辛数独』三冊と小さな『激辛数独』三冊を持って、知人が遊びにきてくれるという予知夢？

二月某日　晴

数独から離れるために、しばらくほうっておいたドラクエウォークをふたたび始める。

依存から抜け出すために違う依存に移行する……。

どう考えてもまちがったやりかただが、ドラクエウォークという、さほど没入を必要としないゲームが存在していたことに心から感謝しつつ、「おひなさまスライム」を討伐しに、近所のほこらに出向く。

久しぶりに浴びる太陽が、まぶしい。ああ、自分はなんと健康的な生活に戻ったのだろう、と感動しながら、ピンクの巨大な「おひなさまスライム」の待つほこらまで、ゆっくりと歩く（言うまでもないことだが、もちろんこの生活も、ちっとも健康的ではありません……）。

いろんなくらくら。

三月某日　晴

散歩に行く。道でばったり友だちに会う。新型コロナの感染が始まってから、ずっと会っていなかった友だちである。

全然、変わっていない。

もちろん、一年くらいで人が変貌するはずもないのだが、着ている服も、歩く姿も、しゃべりかたも、ついおとといくらいに会ったような感じで、まったく変わっていない。

「これから、どこへ？」

「ちょっと隣の駅まで打ち合わせに」

「元気だった？」

「うんうん、そっちは」

「元気元気」

言いかわし、左右にわかれる。

そういえば、去年のはじめ、まだ新型コロナの感染などまったく始まっていなかった頃にも、この友だちとはばったり道で会い、ほとんど同じ会話をかわしたことを、一人になってから思いだす。

遥かな場所に入りこんでしまったようなくらくら感のため、立ち止まって、何回か深呼吸。

三月某日　晴

桜が満開になる。

近所の公園の桜並木の下には、立入禁止の網が張られているため、いわゆる宴会のような「お花見」をしている人はいないが、ベンチに座ってゆっくり飲み物を口にはこぶ人や、一人でおむすびを食べている人はいる。

公園から少しはずれた、人の少ない林の中には、小さなテントをはり、中でじっと並んで座っている父親と息子がいた。

息子は三歳くらい、体育座りをして、手にはみたらし団子のくしを握りしめている。父親の方は、膝の間に息子を座らせ、ぼんやりと桜を見ている。

去年の桜の季節には、ベンチに座る人もほとんどいなかったし、お酒なしでも「お花見」的なことをしていると、見とがめられる雰囲気があったが、今年の桜の下には去年と違う空気がある。

この、不穏と安穏のまじりあった不思議な雰囲気を、覚えていられるかどうかわからないけれど、覚えておきたいなと思い、しばらくテントの中の親子を眺める。

三月某日　晴

ずっと暖かい。

桜が、疲れてきている。散る直前の、咲き満ちている時期よりもほんのわずかに褪せた花びらが、夕風にゆれているが、まだ一枚も散ろうとしない。

三月某日　曇

桜が散り始める。

いったん散り始めるや、すべてをあきらめたように果てしなく散ってゆく桜を、散歩の途中でじっくり眺めたあと、家に帰り、録画しておいたプロレス中継を観る。飯伏幸太の美しい動きと、桜の花びらが、頭の中でまじって、またくらくら感が。

三月某日　曇

免許の更新に行く。

ついこの前更新に来たばかりだったような気がしていたのに、五年が過ぎていることにくらくらするが、このくらくらは、ごく日常的なくらくらなので、気を取り直し、前回の時よりも椅子と椅子の間がずっと大きくあけられている講習室に入り、無言で座る。

家に帰り、今月感じたいろんなくらくらを記念して、『クラクラ日記』を読む。

生まれてはじめて見ました。

四月某日　晴

なんとなく、重い。気持ちが重いのか、体が重いのか、よくわからないのだけれど、重い。

と感じはじめて、今日で約一週間。新型コロナのもとでの生活が、自分の精神をむしばんでいるのかもしれない。

繊細な自分。と思いながら、久しぶりに体重計に乗ると、前にはかった時よりも三キロ体重が増えている。

夜、自分に向き合って、自分と対話。

——あなたは、気持ちが弱っていますか？　そのために食欲がなくなったりしていますか？

——いいえ。

——あなたはむしろ食欲があり、そのうえ元気いっぱいですか?

——……どちらかといえば、はい。

——あなたはその元気を持てあまし、いつもよりもつい食事の量が多くなっていますか?

——……はい。

自分と向き合うつらさをしみじみ感じながら、「繊細な自分」という言葉を心の手帳から消し去り、かわりに、「シャチはのしかかって獲物をしとめる」(昨夜「ダーウィンが来た!」で知った豆知識)と、書きこむ。

四月某日　晴

駅ビルのスーパーマーケットへ買い物に。

途中にある大型家電の店の前の歩道に、女性がしゃがみこんで電話をして

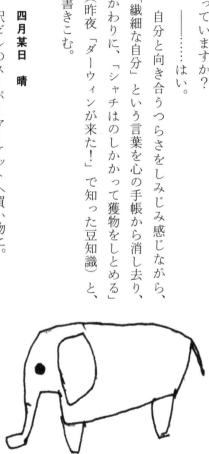

いる。

「痴情のもつれなのよ、うん、痴情のもつれ。だからぁ、痴情のもつれが」と、大声で電話の向こうの誰かに向かって繰り返している。どうやら、相手が「痴情のもつれ」という言葉を理解してくれていない様子。

しまいに女性は立ち上がり、

「あのね、チジョウノモツレ。チ・ジョ・ウ・ノ・モ・ツ・レ」と、スマートフォンを平らにして、さらに大声ではっきりと。

「痴情のもつれ」という言葉を実際に口にしている人を、生まれてはじめて見ました。ちなみに、小説の中では、わたしは二回ほど使ったことがあります……。

四月某日　晴

立川の美術館で開かれている展覧会に行く。

帰りの電車の中で、アベノマスクをしている男性を見る。

安倍前首相以外で、実際にアベノマスクをしている人を、生まれてはじめて見ました……。

四月某日　晴

知人がバングラデシュに住んでいるという友人と、立ち話。

「バングラデシュは、ずっとロックダウンが続いているんですって」

とのこと。

「大変だね」

と言うと、

「でも、ロックダウンが長く続きすぎて、陽気なバングラデシュの人たちのステイホームがどんどんゆるくなってきているから、この前、さらに厳しいロックダウンに移行したそうなの」

「厳しいって、どんなロックダウン?」

「ハードロックダウンだって」

その昔、バングラデシュ・コンサートを主催した泉下のジョージ・ハリスンは「ハードロックダウン」について何を思うだろうか……と、しばし放心。

でも、バングラデシュの人たちが陽気だと知って、なんとなく嬉しいです。

赤い鳥小鳥。

五月某日　雨

朝から雨が降っているので、散歩にも行かず、家でぼんやり。

今年はあまり家のまわりでうぐいすが鳴かなかったのだけれど、うぐいすが鳴く時期も終わりくらいの今ごろになって、一羽だけがこのあたりにもやってきたようで、数日前から、さかんに鳴いている。

ただ、「ホーホケキョ」ではなく、「ホーホケケキョ」と、「ケ」が一つ余分な鳴きかたをするのが、たいへんに気にかかる。うぐいす界の新しいはやりなのか？

五月某日　小雨

数日前に結婚を発表した新垣結衣を祝すために、彼女の初の主演作である『Sh15uya』のDVDをひっぱりだしてきて、久しぶりに見る。二〇〇五年の、深夜枠の特撮・アクション・インナースペースものである。

ほんとうは、恋愛などの成分のある作品を探したのだが、そもそも自分の持っている何十とあるDVDの中で、華やかな恋愛や家族愛やほのぼのした関係性をテーマにした作品が一つもないことに、探している途中で気がつき、しばらく茫然。

そのかわりに、暗い因縁による闘いや血族の争いや何らかの怨念から生まれるいまわしい関係などがテーマの作品は、非常に豊富である。

もちものは持ち主をあらわす、のだろうなあ、という思いにひたりながら、『Sh15uya』を見終わったあとに、すぐさま『ゲーム・オブ・スローンズ』の、一気見に突入する。

五月某日　曇

ようやく雨があがったので、近所に散歩に行く。

歩き疲れて、公園のベンチでひとやすみ。
ひざの上に、ぽた、と、何かが落ちてくる。紫色のものである。鳥のふんらしい。紫の実を食べたのだな、きっと。と思いつつ、そういえば昔「赤い鳥小鳥なぜなぜ赤い赤い実を食べた」という曲が怖かったことを思いだす。
一番は赤い実、二番は白い実、三番は青い実で、どちらにしても、小鳥は食べた実の色になってしまうのだ。とすると、動物は食べたものの色に変色してしまうのか⁉ と、おののき、昨夜食べたほうれんそうとピーマンのことを思い、いつ自分は緑色になってしまうのかと、何日ものあいだ、悩んだものだった。

五月某日　晴

ずいぶん長い間、外でお酒を飲んでいないな、と思ったとたんに、昔の飲み会で聞いた話を思いだす。ものすごくもてるので有名なO田さん（『東京日記5　赤いゾンビ、青いゾンビ。』「生き霊をさばく。」参照）の言葉である。
O田さんに、

「結婚の決め手は何でした」

と聞いたところ、

「妻は食べものをくれたから」

との答え。

「食べもの？」

聞き返すと、

「おれ、もててはいたけど、ものすごく貧乏で、そのころ代々木公園に寝泊まりしてたし」

とのこと。Ｏ田さんの妻、大物ですね……。

流ししらたきレース。

六月某日　曇

「流ししらたきレース」に参加する夢をみる。

自分のしらたきには、名前をつけなければならない。一回のレースへの参加者は五人。わたしが参加したレースの、他のメンバーのしらたきのそれぞれの名前は、「ヒョロ丸」「かずこ」「内憂外患」「スミス」。自分も名前をつけなければならないのだが、いい名前を思いつけないうちにレースが始まり、名無しのわたしのしらたきは、結局最下位に。

レース終了後には、それぞれのしらたきをゆで、ポン酢をつけて食べる。

六月某日　晴

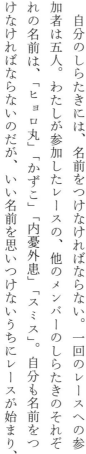

友だちが、「ツイッターでカワカミの名前を見たよ」というLINEをくれる。

くだんのツイッターのスクリーンショットが次に送られてきたので、じっと眺める。

「川上弘美さんを遺跡に誘いたい」というツイートである。

すぐさま手帳をだし、「誘われたいイベントベスト3」を考えはじめる。

もちろんベストのトップは「遺跡探訪」。

午後までかかって考えた、二番めに誘われたいイベントは、「くるみ拾い」。

三番めは、「羊の毛刈り」。

けっこう、自然志向である自分を発見。

六月某日　曇

友だちから電話。

開口一番、

「カラスに乗られた」

と、友だち。

歩いていたら、ばさ、という音がして、突然頭が重くなった。びっくりして頭を振ったら、カラスが飛びたち、ばさばさと羽ばたいてから、去った……。

「実は五年前、うちの姪も、この時期にカラスに乗られたの」

とのこと。

どうやら今はカラスの繁殖期で、黒いものを見つけると、縄張りを荒らしにきた他のカラスかと思い、威嚇しにくるらしい。

友だちは、わたしと同年齢の六十三歳。

「髪、黒くてつやつやなんだねー」

と感心すると、

「いやー、それほどでも」

と、友だち、照れる。

六月某日　晴

新型コロナワクチンの第一回の接種を、かかりつけ医にて。わたしは基礎疾患持ちなので、同年代よりも少し早く接種券が届いたのである。

接種時の、かかりつけの先生との会話。

「アルコール消毒をしますよ。アルコールは、大丈夫ですか?」

「はい、皮膚につけるのも、飲むのも、大丈夫です」

会話をしながら、

(こういう悦に入ったことを言いたがる患者との会話を、きっと先生はこのところのワクチン接種で毎日繰り返しているのだろうな)

と反省しつつ、同時に、自分が年若いころダジャレを連発する年配者に心の中で舌打ちしていたことを思いだし、当時の自分の傲慢さに赤面。

しかし、七月に受けた二回目の接種でも、同じ会話をつい交わしてしまうことを、この時の自分は、まだ知らない……。

公式認定独裁者。

七月某日　雨

浦島太郎には、二郎と三郎という弟がいた。という話を、いつ、誰に、聞いたのだか思いだせなくて、少しぼうっとしてしまう。

前の日に新型コロナワクチンの第二回接種をしたからだろうか。熱をはかると、平熱よりも五分ほど高い。

七月某日　曇

必要なことがあってパスポートを引っ張りだしたら、今年の三月に切れていた。

立川まで、パスポートの申請に。

広い会場には、わたし一人しか申請者がいない。窓口と案内の人たちあわせて十人ほどは、換気のきいた室内で、静かに座って、あるいは立って、いる。

この前申請をした時は、東日本大震災の数日後だった。あの時は、街全体が暗くて、やはり会場はすいていた。

総計十分ほどで手続きはおわり、電車に乗って帰る。接種のためか、今日もまだぼうっとしている。四十年ほど前、中野のあたりでふらりと入った居酒屋で、お客さんたちが定期的に「紙相撲大会」を開いており、その日がちょうど千秋楽の日だったことを、突然思いだす。

七月某日　雨

行く予定だった少し遠い場所での仕事が、新型コロナの感染状況がよくないため、中止になる。買っておいた切符を払い戻してもらいに、駅へ。

乗る予定は明日なので、キャンセル料金を取られると思っていたら、

「コロナによるキャンセルの場合、前日でも百パーセント払い戻しします」

とのこと。

嬉しいような、申し訳ないような、どうしていいかわからない気持ち。

帰り道、今年はじめてのカナカナの鳴き声をきく。

七月某日　曇

友だちからＬＩＮＥ。

「このたびジョージアのタマダの認定を受けました」

とのこと。

タマダ？　と首をひねっていると、続けて、「ジョージアのスプラ（宴会）の基本ルール」というものが送られてくる。

いわく、

「タマダ（宴会の司会者）とはスプラの支配者で、良い意味での独裁者である」

「タマダに先んじる乾杯厳禁」

「タマダが喋ると全員静聴」

などなど。

「じゃあ、今日からあなたは独裁者？」

と送ると、

「そのとおり」

との答えがくる。

ちなみに、認定したのはジョージアの大使館。友だちが公式認定独裁者になる日が来ようとは……。

投擲眼鏡萌え。

八月某日　晴

オリンピックがいつの間にか始まっている。テレビをつけると、円盤投げをやっている。力いっぱい円盤を投げる選手たちに、心をうばわれる。

なぜだか、陸上の投擲競技の選手（男女にかかわらない）に、いつもうっとりと見惚れてしまうことを、二年ぶりに思いだす。二年前の世界陸上選手権の時も、そういえば、円盤投げ、やり投げ、砲丸投げ、ハンマー投げの、すべての選手たちに心をうばわれ、順位やらどこの国かなどについてはすっかり忘れ去り、ただただ選手たちの肢体と動きに、じーーーっと見入ったものだった。中でも、眼鏡をかけている選手（男女にかかわらない）には、ことに心をひかれる。

これはもしや、「投擲眼鏡萌え」？

八月某日　曇

夏目漱石の『硝子戸の中』を、夢の中で読んでいる。語り手とポルトガル人の教授がポルトガル語で会話をしていると、女が湖から波をたてて浮かびあがり、しずくをたらしながら二人の横に立つ、という書き出しである。漱石の作風とは少し違うのではないかと、夢の中で疑いつつも、どんどん読んでゆく。最後は女が幾人かの女に分裂し、しずくをたらしたまま湖の最寄の駅まで円陣を組んで踊ってゆく、という結末。あきらかに漱石ではないが、まあいいやと思いながら読み終わる。

八月某日　曇

数独の名づけ親であり世界に数独の解き方を指南してまわってくれた恩人である鍜治真起さんが亡くなったというニュースを知り、うち沈

む。

ここしばらく（二週間ほど）数独から遠ざかっていたが、鍜治さんのご冥福を祈るために、『〝数独の父〟鍜治真起が教える難問数独』を出してきて、ぱっと開いたページに書きこんである鉛筆書きの自分の解答を消し、ゆっくりとまた解いてみる。

本には問題が１０８あり、ところどころの問題の下には、不思議な一言が印刷されている。「その先にまた愛があった」「おいしいものを食べに行きますか」「おーい、ダイジョブかあ」「どこかにマグマが湧いてきた」などなど。そして、最後の１０８問めには、「遠くから見守っています」の言葉が。すべての数独ファンを、どうぞ、遠くから見守ってください、鍜治さん……。

八月某日　曇

なんだかしんみりしているので、高校野球をみる。ブラスバンドの応援の音楽が、無観客の甲子園球場いっぱいに響いている。

どのチームの演奏も、たいへんにこまやかで美しく正確である。こんなに高度な技術を駆使して演奏しているのだということは、無観客でなければわからなかったのだなあ、と、またしんみりしつつ、ドラクエウォークで「伝説のグルメマスター」の称号を得るために、必死にズッキーニのモンスターを倒しつづける。

めでたくグルメマスターの称号を得ることができたら、鉛筆書きの解答をすべて消し終えた『〝数独の父〟鍜治真起が教える難問数独』に、ふたたびとりかかる予定。すでに、自分のこの依存体質をただそうとする意志が皆無となっていることには目をつぶり、ひたすらズッキーニを倒しつづける。

木、など。

九月某日　曇

インタビューを受ける。

終わってから、インタビュアーY田さんの先輩である某氏（現在七十七歳）について訊ねる。

某氏は、世俗とは馴れあわない孤高の俳人であり、その作句姿勢をわたしはたいへんに尊敬し、またその句が大好きなのだ。

「うーん、某氏は、パソコンを使わないので、コロナのこの時代、一緒に俳句の雑誌を作っている身としては、少し不便なのです」

と、Y田さん。

「さすが孤高の俳人ですね」

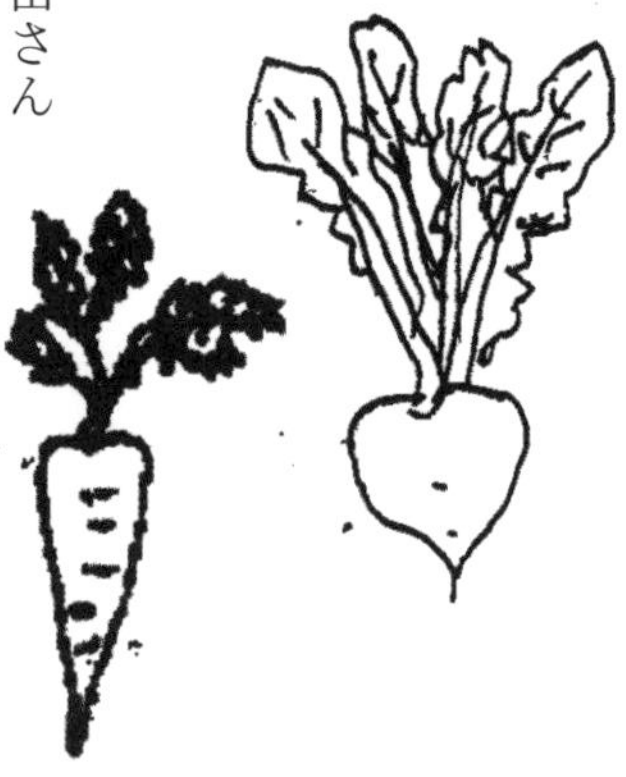

「でも、スマホは持っているのです」

「おお、スマホを使いこなしていらっしゃるとは。でもまさか、絵文字などは使っていらっしゃらないですよね？」

「それが、使うんです」

「えっ」

「顔マークなどではなく、木、などですが」

「木、など」

深く感銘を受けつつ、家路をたどる。

九月某日　曇

実家に電話。

「最近ブームが来ちゃって」

と、八十六歳の母。

「何のブーム？」

「鬼滅の刃」

「えっ」

「このところずっと再放送してるから、見ちゃった。もっのすごく、面白いのよね」

「……わたしは、見たことない……」

「今度映画の『無限列車編』をテレビ放送するから、もう録画予約も取ってあるの」

七十代、八十代の人々のみずみずしさには到底かなわないと忸怩たる思いになり、早々に電話を切る。

九月某日　晴

諸星大二郎展に行く。

ゆっくり時間をかけて見て、のびのびした心もちになる。結果、このところの、「年上の人々に絶対的に負けている感」から、立ち直る。

家に帰ってから「栞と紙魚子」シリーズを読み直し、登場人物の一人であるクトルーちゃんへの愛を確認する。

そののち、諸星大二郎の年齢を調べると、「七十二歳」とある。

ふたたび、忸怩たる気分になりかけるが、七十二歳ならば、自分と十歳は離れていないと自分をはげましつつ、

「いつか年上の人たちに追いつけますように」

と、就寝時に祈りをささげる。

九月某日　曇

「カワカミさんのことを書いた興味深いエッセイがありました」

と、編集者が雑誌を送ってくれる。

ほう、と思いながらページをめくると、わたしがほぼ生まれてはじめて書いた、小説（らしきものに見えるが、まったくそうではない、二度と見たくない、いろいろ若気の至り満載のもの）が載っている同人誌を手に入れた、というエッセイである。

「やめてーーーーーー」

と叫び、ふとんをかぶり、エッセイの作者が一刻も早くその同人誌を焼き

捨ててくれることを、強く祈る。
就寝時、あと五回、同じ祈りをささげる。

ル音で鳴きかわす。

十月某日　雨

緊急事態宣言が解け、突然「打ち合わせを対面で」「お酒など少しいかが」などというメールがしばしば来るように。

この日記の大きな主題である、友だちいない問題は、実は自分の思い過ごしだったのではないかという気分になり、昼ごはんに作ったキムチ焼うどんを、もりもり食べる。

予定を手帳に書きこみ、お腹も心も満ち足りる。

夜、手帳を見返したら、「お酒など」という誘いはたった一件で、そのほかはすべて、ただの「打ち合わせは対面で」だったことに気がつく。

おまけに、その「お酒など」にしても、友だちからの誘いではなく、仕事の準備をするための打ち合わせがたまたま夕方からになったので、それならば「お酒も」ということになったに過ぎないこともわかる（もともとわかっていたが、目をそむけずに向かいあった結果の認識）。

いつものことなので、特段がっかりもせず、就寝。

しかし、夜中怖い夢をいくつもみる。

十月某日　晴

いよいよ「お酒など」の打ち合わせに。

外でお酒を飲むのは、いったい何ヵ月ぶりだろう。

駅まで行く道すがらに小さな森があり、その上空をカラスが群れをなして旋回している。

カラスたちは、ル音のまじった、甘えた声で鳴きかわしている。

今からカラスたちはねぐらに帰り、わたしはお酒を飲みに行くのである。

不思議な期待感と緊張感に包まれながら、カラスの旋回を見上げつつ、駅までゆっくりと歩く。

十月某日　晴

夜明けがた、緊急地震速報で目覚める。昼間は、気温が上がって暑い。まだ30℃近くある。十月なのに。

買い物に行き、花屋の前を通ると、「ナマハゲパール」という名のダリアを売っている。大輪の白い美しいダリアである。

家に帰って調べてみると、秋田県で作られた品種らしい。

緊急地震速報の音が、日中もずっと耳に響いていた心地だったが、「ナマハゲ」という言葉のおかげか、少しずつ静まってゆく。

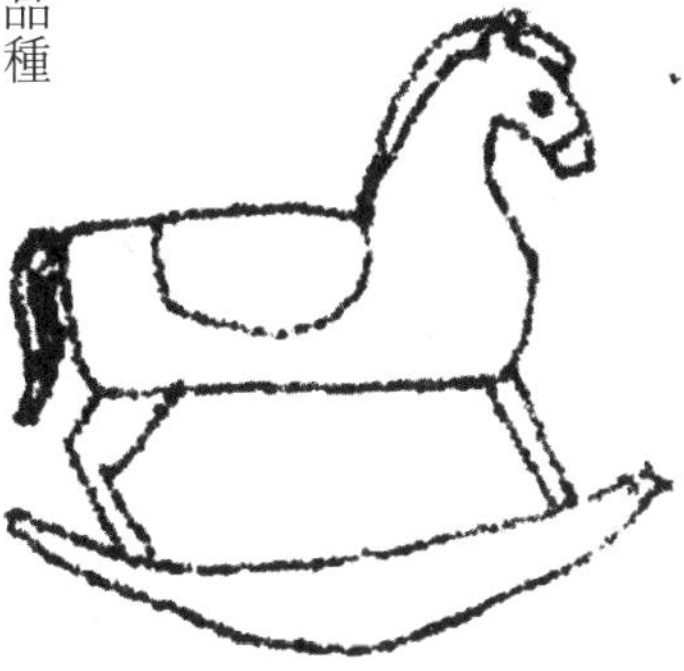

十月某日　曇

仕事で銀座に行く。

ほぼ二年ぶりの銀座である。

仕事を終え、帰路につく。

三時間ほどの外出であったが、疲れきって帰宅。

完全に、イソップ童話の『田舎のねずみと町のねずみ』状態である。銀座で何か攻撃的なできごとにあったわけでもないし、仕事相手は親切だったし、電車だって昼間なのですいていたのに、疲れきり、そのうえ妙な興奮が去らない。

夜、ハゼ図鑑『決定版・日本のハゼ』を読む。きょろりとした眼のハゼ335種の写真を眺めているうちに、ようやく興奮が静まり、眠くなってくる。

さよなら音頭。

十一月某日　曇

ここ数年買い替えあぐねていた冷蔵庫が、いよいよ弱ってくる。冷蔵室に入れているほぼすべてのものが、凍りついてしまうようになったのだ。

温度設定を高めにしても凍るし、低めにすればもちろん凍る。冷蔵すべきものは野菜室に保存し、野菜は廊下に置き、冷蔵室の中には冷凍状態になってもよいものを入れる、という不思議な状態になってすでに三週間、いよいよ買い替えを覚悟する。

近所のYバシカメラにゆき、選択の余地なくT芝の冷蔵庫を買うことにする。置く場所の幅その他が非常に特殊なので、すべてのメーカーのパンフレットを克明に見ていっても、二種類しか置ける冷蔵庫がなかったためである。そしてその二種類は、T芝のほぼ同じ容量の二種類。ただし、選んだのは、扉の表面素材にガラスを用いた新しいタイプのものではなく、ガラス素材なしの、古くからあるタイプ。

なぜなら、ガラス素材を扉にコーティングしたものには、マグネットをくっつけることができないからである。長年集めてきた大切なキノコやミイやヘムレンさんのマグネットが使えなくなるなど、言語道断なのである。

十一月某日　曇

新しい冷蔵庫がくる。

四時間何も入れずに冷やしたのち、粛々と冷蔵品・冷凍品・野菜などをおさめ、最後に扉にマグネットをくっつける。

古い冷蔵庫が運びだされる時には、心の中で「さよなら音頭」を歌い、新しい冷蔵庫には、声にだして「ようこそ音頭」を歌った。ちなみに、古い冷蔵庫への音頭が心の中だけだったのは、運びだすお兄さんたちがぎょっとすると悪いと思ったから。でも、ほんの少しだけ、声に出てしまった。お兄さんたちは、知らないふりをしてくれました。ありがとう……。

十一月某日　曇

ネットで、

「冷蔵庫にマグネットをくっつけるのは、風水上よくない」

という記事を見つけ、青ざめる。しばらくくよくよするが、心の中で「風水さま許して音頭」を歌い、それでいいことにする。

心の中だけで歌ったのは、声にだすのは風水さまに対して何か礼儀を失する感じがしたから。

十一月某日　曇

二年ほど担当してもらっている某雑誌の編集者の性別が男性であることを、はじめて知る。

新型コロナの流行が始まったため、一度も会えていなかったうえに、会っていないので電話で話すことも双方なんとなくためらわれ、連絡はすべてメールだったのだ。

このひとは女のひとなのかな、男のひとなのかな、と、最初のうちは時々考えていたのだが、仕事にかんするやりとりも、メールのはしっこで少しだけ交わす世間話も、とても平穏にきもちよく進むので、すぐにどちらでもよくなったのだった。

なんとなくいい話のような気がするので、ここに書いておく次第。

魔空間。

十二月某日　晴

新型コロナの感染が始まってから、少しずつおこなってきた家の中の整理にともない、棚や古い家庭電化製品やこわれた暖房機やらが家の中の某所に積みあがっていることは、もちろん知っていた。

某所といっても、それはたいへんに狭い空間で、わずかばかりのスペースにそれらが不安定に積み重なり、すきまにはタンブルウィード状の埃がさらに凝縮して密度が三十倍くらいになったものがたまり、そもそもそこにものを積んだのは自分なのに、前を通るたびに、

「まあ、家の中に、なぜこのような魔空間が！」

と、人ごとのふりをして毎回つぶやく、そんな某所なのである。

新年を迎えるにあたり、いよいよこの魔空間を解体せんと決意。

けれど決意したものの、人ごとのふりをした期間が長すぎたため、はっと気がつくたびに決意が雲散霧消している。

十二月某日　晴

魔空間はわたしが作り上げたもの。

という言葉を、毎朝十回唱えつづけて一週間。

ようやく魔空間・某所に、正面から向かい合う心がまえができる。

まずは某所に何が積みあげられているのか確かめるために、一つ一つのものを廊下に並べてみる。

短い廊下はすぐさま埋まり、足の踏み場がない。

ひっ、と叫び、すべてのものを急いで某所に戻す。

十二月某日　晴

並べるからいけないのだと思い、魔空間を占めるものを、手帳に書きとめてゆく。

それから急いで魔空間に背を向け、それらがどのゴミに分別されるかをチェックしてゆく。紙の上でなら、叫んだりひるんだりせず、粛々と分類や整理をおこなえる質なのである。

三十分ほどかかって、手帳上でゴミ分類をおこなう。

おおかたのものが「粗大ゴミ」に分別されることが判明したところで、タイムアウト（夕刻になり、晩酌の準備を始める時間となること）。

十二月某日　晴

市役所に電話し、粗大ゴミ収集のお願いをするところまでたどりつき、今年のすべての義務を果たした気分に。

まだ〆切が四つもあることは忘れたふりをして、いそいそとドラクエウォークのための散歩に出る。

来年の目標は、「人ごとのふりをしない」。

達成できないに決まっているのだけれど、目標が決まったことで、すっかりうきうきし、結局タイムアウト（繰り返すようだが、晩酌の準備を始める時間。しかもその時刻は、日に日に早まってゆく）の瞬間まで、ドラクエウォークにはげむ。

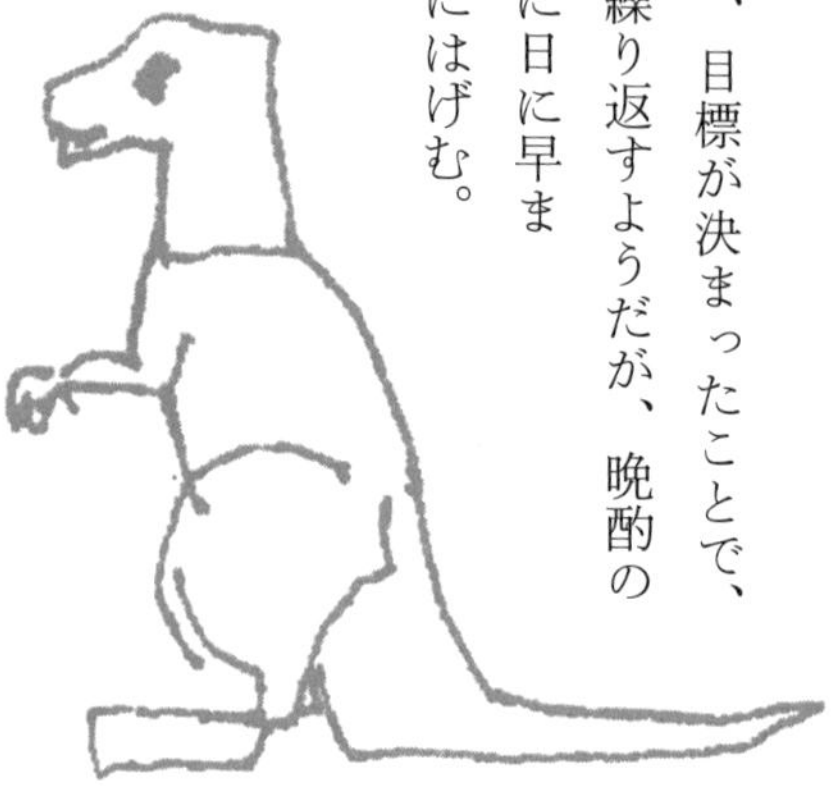

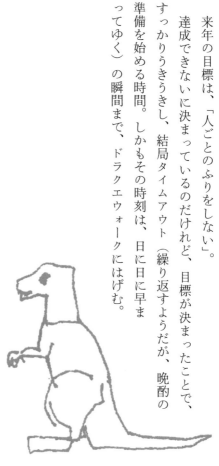

少し認識が。

一月某日　曇

年末に録画しておいた紅白歌合戦を、晩酌の時にゆっくり見続けて三日間、ようやく最後までたどりつく。

今回の紅白は、ラスボスが登場しないままRPGを終えた時のような安らかさがあった。

全般にラスボスは苦手なので（強いから）、ストーリーの三分の二ほどまで達すると、ラスボスと闘うことから逃避するためにすべてを刷新し、最初からまた始める、といったことを繰り返してきたRPG人生だったなあ、そういえば……。

紅白歌合戦を見終えたので、次は録画しておいた駅伝類にかかる。

というわけで、この後十日くらいは、駅伝を見続ける予定。

一月某日　晴

母が骨折して、入院。

救急車をよび、受け入れ先を探してもらうも、なかなか見つからず。今年はじめに降った雪のため、骨折者がそもそも多く入院しているのに加え、コロナウイルスオミクロン株による入院者も多いためである由。

一月某日　曇

せっかく入院できた病院だが、手術が三週間先になるというので、新しい受け入れ先を探し、転院。

介護タクシーというものに、母と共に乗り、一時間ほどかけて新しい病院へ。

ストレッチャーに寝たままの母が、時々「今どこを走ってるの?」と聞くので、グーグルの地図を開き、地名を読み上げる。知らない地名を読むたび

に、母が不安そうな表情になるような気がして、少し涙ぐみそうになった時、母、

「介護タクシーって、乗り心地、最高ねえ。救急車は、あれよ、ありがたいんだけど、速度を出すから、体が跳ねちゃってねえ」

と、あっさりした顔で言う。

やはり年のいったひとたちにはかなわん、と思いつつ、記念に介護タクシーの内部の写真をたくさん撮らせてもらう。

一月某日　晴

母の入院にともない実家からうちにやってきてずっと泊まることになった九十一歳の父と一緒に、見るのがのびのびになっていた駅伝の録画を、夕飯を食べながら見る。

「あの、ぼくは、少し認識がおかしくなっているのか?」

と、父。

「駅伝は、たしか、お正月にやるものではなかったかな」

はいそうです、でもうちでは、お正月が過ぎてからゆっくりとたんねんに見続けることになっているんです。と答えると、

「大変だねそれは……」

と言われる。

一月某日　晴

今日も駅伝を見ながら、晩酌。父も毎日五勺ばかりの日本酒を晩酌するのだが、最後の数滴を、なぜだかごはんにかける。

（も、もしかして、やはり認識が少しおかしくなっているのか……）

と、どきどきしながら、

「なんで、かけるの？」

と聞くと、

「だって、両方とも米じゃないか。最後は一緒にしてやらなきゃ」

とのこと。

そうですか……。

初出　「WEB平凡」(https://webheibon.jp/)二〇一九年二月〜二〇二二年一月

あとがき

『東京日記』も七巻目となりました。この巻の三年間（二〇一九年二月から二〇二二年一月）の日々の中の、二年目に、新型コロナウイルスの感染がはじまり、わたしたちは「新しい生活様式」という、聞きなれない言葉のもと、集合を控えたりリモートで仕事をしたりマスクをつけたりしはじめました。

もしかして、『東京日記』も雰囲気が変わってしまうのかな……と思いながら、ウエブ平凡でのネット連載をおこなっていた記憶がありますが、こうして読み返してみると、今までの東京日記とあまり違わないトーンが相変わらず続いていますね。

それほどに「日常」は強いものである、という驚きがありますが、反対にいえば、「日常」がまだ続いていることのありがたさも、身にしみます。この日記におさめられた日々が、もう少し未来に進むと、ロシアのウクライナ侵攻が始まり、わたしたちは、「日常」がたやすく壊れてしまうさまを、また目の当たりにすることとなるのですから。

それでも日々は過ぎてゆきます。数独期は、無事脱しました。ドラクエウォークは、たんたんとおこない続けております。リモートだった会議やら打ち合わせが、少しずつ対面に戻り、飲み会も何回かおこなわれ、けれど家にいる時間は変わらず長い現在ですが、さてこの先にはどんな日々が待っているのでしょうか。みなさまのご健勝を、心より祈っております。

二〇二三年　初春

川上弘美（かわかみ・ひろみ）作家。一九五八年、東京都生まれ。著書に、『センセイの鞄』『真鶴』『大きな鳥にさらわれないよう』『ぼくの死体をよろしくたのむ』『三度目の恋』ほか多数。「東京日記」シリーズは、『卵一個ぶんのお祝い。』『ほかに踊りを知らない。』『ナマズの幸運。』『不良になりました。』『赤いゾンビ、青いゾンビ。』『さよなら、ながいくん。』が現在刊行中。

東京日記7 館内すべてお雛さま。
二〇二三年三月二四日 初版第一刷発行
著者 川上弘美
絵 門馬則雄
発行者 下中美都
発行所 株式会社 平凡社
〒一〇一-〇〇五一
東京都千代田区神田神保町三-二九
電話 〇三-三二三〇-六五八五（編集）
〇三-三二三〇-六五七三（営業）
ホームページ https://www.heibonsha.co.jp/
印刷・製本 中央精版印刷 株式会社

ISBN978-4-582-83921-0